있는 힘껏 당신

있는 힘껏 당신

처음 펴낸 날 | 2014년 11월 15일

글, 사진 | 천서봉

책임편집 | 조인숙, 조주희

주간 | 조인숙
편집부장 | 박지웅
편집 | 무하유
마케팅 | 한광영
펴낸이 | 홍현숙
펴낸곳 | 도서출판 호미
등록 | 1997년 6월 13일(제1-1454호)
주소 | 서울시 마포구 동교로 41길 32 (연남동 1층)
편집 | 02-332-5084
영업 | 02-322-1845
팩스 | 02-322-1846
전자우편 | homipub@hanmail.net

디자인 | (주)끄레 어소시에이츠

출력 | 문형사
제작 | 영프린팅
제본 | 쌍용제책

ISBN 978-89-97322-21-3 03810
값 | 15,000원

이 도서의 국립중앙도서관 출판예정도서목록(CIP)은
서지정보유통지원시스템 홈페이지(http://seoji.nl.go.kr)와
국가자료공동목록시스템(http://www.nl.go.kr/kolisnet)에서
이용하실 수 있습니다.(CIP제어번호: CIP2014031966)

호미 생명을 섬깁니다. 마음밭을 일굽니다.

천서봉 시인의

사진으로 쓴 짧은 글

있는 힘껏 당신

초미

빛이나 소금이 많다고
좋은 것은 아니지.

우리를 살게 하는
꼭 그만큼의 것.

꿈을 꾸었다.

더 이상은 불행하지 않을 것 같은 꿈,

그래서 행복했던 꿈.

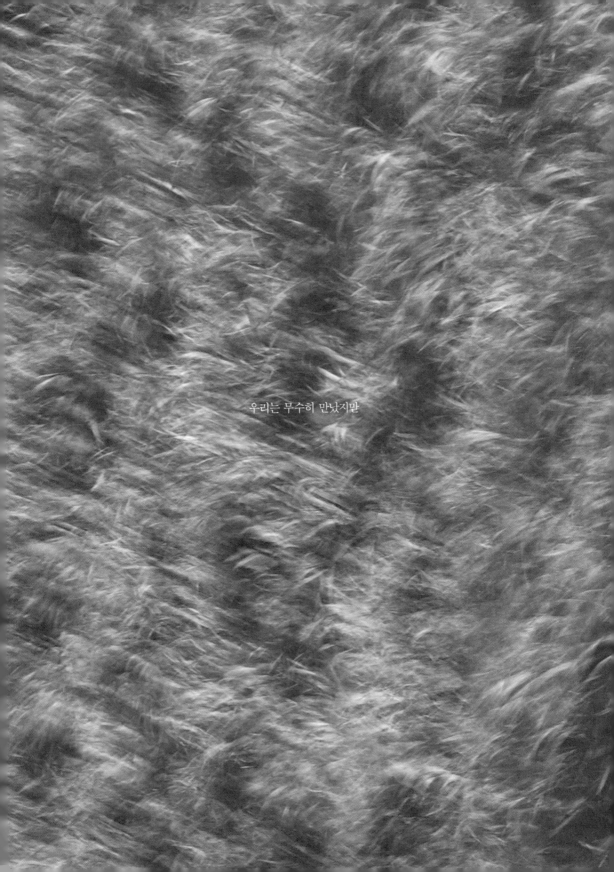

우리는 무수히 만났지만

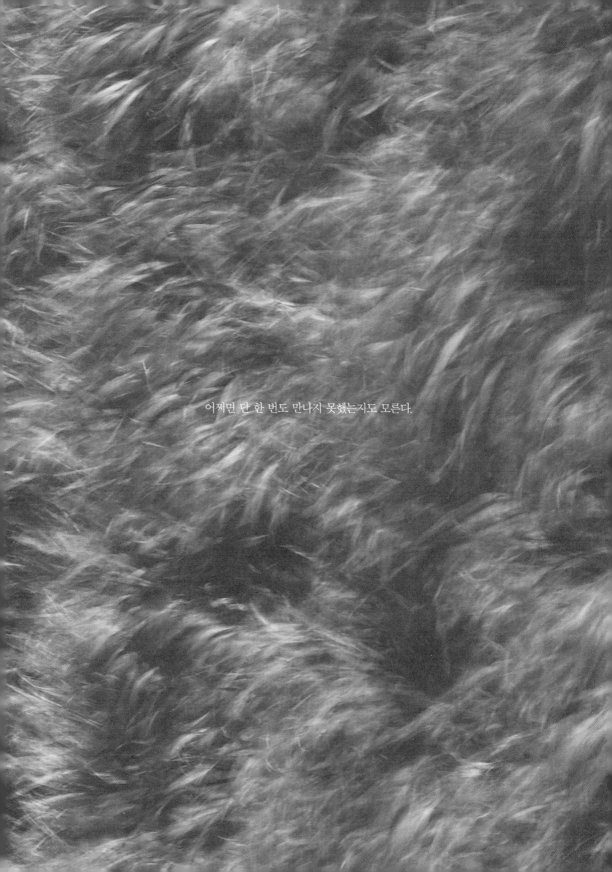

어쩌면 단 한 번도 만나지 못했는지도 모른다.

Prologue

무작정 돌아다닌 시절도, 계획을 세워 떠난 여행도 돌아보면 별반 다르지 않았다. 그렇다고 그 떠나고 돌아옴이 무의미했다거나 무척 행복하였다고도 말할 수 없다. 그러니 여기에 남겨지는 기록들을 하나의 의미로 묶는다는 것은 애초에 불가한 일일지 모르겠다. 다만 한 가지, 말(言)을 그리워하던 시간도 사진을 탐하던 시간도 그 형식 뒤에서 주저하던 어떤 몸(육체)들이 있은 것은 분명하다. 형체가 불분명했던 그 몸들을 나는 어떤 방식으로든 기억하고 싶었는데 돌이켜 보면 그런 망각과 복원 사이에 어떤 당신이 존재했다. 고맙게도 당신은 내가 좀처럼 더듬을 수 없던 실체의 속종들을 어질게 들려주고 갔음을 이제야 깨닫는다.

모든 말이 시詩가 될 수 없듯 모든 당신이 내 것일 수 없다는 것을 인정할 즈음의 이야기, 곁에 오래 머물렀거나 혹은 잠시 스친 인연의 경중輕重이 서로 다르지 않음을 깨달은 뒤의 이야기, 혼자건 혼자가 아니건, 일상이건 여행길이건 부지불식 머리 한 켠을 차지하고 있던 무수한 당신에 관한 이야기.

그러니 아마도 여기에 남겨지는 모든 이야기나 사진의 저작권자는 내가 아니라 당신이어야 한다. 한 시절 있는 힘껏. 나는 당신과 아름답고 싶었거나 혹은 아주 불행하고 싶었다고 여기 짧게 고백해 둔다.

차례

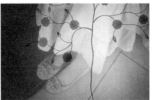

모두   당신과의

일이었으면   한다

당신과의 일

어느 비 오는 날, 봄꽃들 다 떨어져 내 발끝에 나뒹구는 것이 모두 당신 때문이었으면 한다. 가지 끝에 매달린 물방울들 바람에 후두둑 떨어져 머리에 몇 가닥 흰 머리카락이 돋고 그 머리카락들을 거울 앞에서 내가 발견할 때, 무언가 어색하고 무언가 모자라고 아쉬운 감정마저 모두 당신 때문이었으면 한다.

기명색 능소화가 무더기로 떨어진 아침의 일도, 또 그 빛깔을 흉내낸 저녁놀이 서쪽을 물들이는 일도, 곱게 나이가 들어가고 싶은 것도, 영영 나이 들기 싫은 일도 그 모든 것이 적어도 당신 때문이었으면 한다. 끊어진 것만 같은, 아니 아직 이어지지 않은 것 같은 그 길이 모두 당신에게로 향하는 것이었으면 한다.

오 분 늦거나 오 분 빠르거나, 조금 조급하거나 또는 느긋한 것도 먼 훗날 당신과 마주칠 시간을 맞추기 위한 것이었으면 한다. 나는 행운 같은 것을 믿지 않지만 어느 날 내게 유일한 행운이 깃든다면 그런 무시무종無始無終의 모든 바람이 결국 당신과의 일이었으면 한다.

어떤 저녁

누군가 말하길,
하루 중 가장 좋아하는 때가 저녁이라면
당신은 행복한 유년을 보낸 사람이라 하던가.

맛있는 냄새가 소문처럼 부엌으로부터 번지고,
아버지는 곧 돌아와 푸른 대문의 초인종을 누를 것이다.
우리는 그렇게 따뜻한 방에 담겨 아름답게 익어 가면 그뿐이었다.
두부처럼 말랑한 여리고 어린 진심을
목단꽃이불 위로 펼쳐 놓으면
무엇하나 부족할 것 없던 유년의 저녁.

그 유년,
그 저녁,

그러나
그 저녁이 참으로 쓸쓸할 수 있음을 알게 된 것은
그로부터 삼십 년이 지난 어느 날이었다.
지금의 내가 그렇듯 삼십 년 전의 아버지는 초인종을 누르기 전,
잠시 무언가 망설였을 것이며 옷매무새를 고치듯
표정을 새로 고쳤을 것이다.
이젠 복수複數의 파님pānim을 이해하는 나이.
그 어떤 저녁도 내 것이 아님을 고백해야 할 나이.

오후만이 있던 일요일

신비로운 길을 열어 가는 바람,
모든 표면을 마치 지붕처럼 주름지게 하는 하늘,
바다의 혼동, 한 음악실이 그것을 더욱 힘차게 느끼고,
작은 배 안으로 내려서는
거인처럼 추억이 짧은 시간 속으로 빠져 들어갈 때
그리고 영혼 속의 모든 현재가 뒤집힐 때
눈을 감는 어떤 한 사람이 그것을 강하게 느낀다

— 프랑시스 퐁주, 일요일 또는 예술가(부분)*

오전이 사라진 일요일이 계속되고
당신은 내 안에서 몰라보게 쑥쑥 자라나고
수염만큼이나 거친 눈빛의 내가 라면을 사러 가는
가령 그런 장면,

갑자기 집 뒤 성당의 종소리가 두 번 울리고
그 소리에 놀란 나무들이 하늘 높이 새들을 쏘아 올리고
일시에 정지되는 그런 시간,
저 멀리 뒤를 돌아보는 나를 내가 바라보는,
너무나 강하고 너무나 고요한

오전도 당신도 부재不在한 그런 일요일.

* 프랑시스 퐁주 「일요일 또는 예술가」(박동찬 옮김, 솔출판사, 1995년)

청춘에게 쓰는 편지
― 당신의 모든 '첫'에게 바침

Love So Rare _ Aselin Debison[*] _ A.M. 10:23

'첫'으로 시작하는 말들 참 많지요, 첫돌, 첫사랑, 첫눈, 첫만남, 첫키스……,

청춘만큼이나 설레는 단어들입니다. 풀잎에 앉은 이슬의 모양과 눈부신 햇살 가득한 남쪽의 정원과, 물오리가 그리는 강가의 가녀린 곡선들, 그러나 그보다 몇 배는 더 아름다운 당신들이겠지요. 간신히, 이제 누군가를 그리워할 줄 아는 마음도 가졌을 당신들, 그런 당신들에게 적어보는 첫 편지는 내 첫 시를 다시 읽는 마음과 같군요. 아, 갑자기 마음이 가렵습니다.

Route 812 _ Masaaki Mori[**] _ P.M. 06:17

마음을 부비며 바람이 흘러가는 느낌, 루트라는 말, 좋지요. 무언가 비밀스럽고, 당신과 내가 아주 은밀히 연결되어 우리라고 불러도 좋을, 그런 느낌. 눈을 감고 말이지요, 울림이 가득한 가슴 위에 몇 줄의 현을 놓으면 거기가 음악이고 문학이 아닐지요. 중세中世라든가, 여수 혹은 아레키파 같은 곳, 가고 싶었거나 닿고 싶었던 시절로 가는 통로, 거기서 안녕, 당신과 악수하고 싶어집니다. 지중해에서 맞던 그 나지막한 목소리의 바람처럼 말입니다.

---

* 애슬린 데비슨Aselin Debison은 캐나다 가수로 1990년에 태어났다.
** 마사아키 모리Masaaki Mori는 기타 연주가로 일본에서 태어났다.

Don't Cry _ Praha*** _ A.M. 00:35

그리하여 그 바람처럼, 어디론가 가야 한다는 강박이 우리를 만나게 하고 또 헤어지게도 할 테지요. 그런, 그런 상처 나지 않은 온전함을 견디기 힘든 그곳의 이름이 당신의 청춘이라면, 상처를 내고 지나간 바람, 요절할 수 없는 나이에 이르러 그 바람을 그리워하는 편지가 내 사진과 문장의 다른 이름입니다.

그러니 밝아 오는 오늘만은 나보다 당신들이 더 많이 소유한 그 '첫'들, 잎 같은, 꽃 같은, 아직 당신들이 꺼내지 않는 그 수많은 '첫'들이 부러울 뿐입니다. 그리고 가장 아름다운 순간에 꺼내 들 당신의 '첫'을 축복하겠습니다. 다시 만나면 안녕, 악수합시다. 그리고 또 바람처럼 헤어집시다.

*** 프라하Praha는 음악 감독, 피아니스트이며 본명은 최완희다. 1968년에 태어났다.

이월에는

비냡스키의 음악을 들을 것.

밤거리에 고해하지 말 것.

왜 사냐고 묻지 말 것.

대신 왜 살지 않느냐고 물을 것.

구글어스에서 꼭 푸나Poona를 찾아볼 것.

폰에서 지워야 할 사람을 지울 것.

지워야 할 사람들을 모두 지우고

불광동 시외버스 터미널로 갈 것.

이월을 넘기기 전에 꼭 한 번은

이월을 그리워할 것.

짧아서 아름다웠던 것들을 찾아볼 것.

빛이나 희망 같은 단어들

담양에 가면 '글을 낳는 집'이 있다.

시인 김규성 선생님과 그 사모님(세설원 원장 김선숙 님)이 운영하는 곳으로 소설가는 물론, 시인이나 시나리오 작가 등이 집필실을 빌어 쓰며 한철 바람처럼 머물다 가는 곳이다. 어느 가을 거기 나도 한 달을 머물렀다. 담양은 슬로우시티답게 아주 천천히 천천히 늙어 가는 곳이다. 집필 중에도 답답하면 근처 죽녹원이나 소쇄원에 바람을 쐬러 나가기도 하고 화순 온천이나 담양 온천의 노천탕에 몸을 담그기도 했다. 무엇도 강요하지 않는 시간, 글을 쓰는 일도 휴식하는 일도 잠을 자는 시간도, 오로지 모든 것이 자유의 영역이다. 넘치는 자유 속에서 넘치는 시간 속에서 '세상을 이렇게 살 수도 있을까' 싶은 경이와 느긋함을 배우고 돌아왔다.

새로운 작가들과의 만남 또한 그곳에서 얻게 되는 행복에서 빼놓을 수 없는 것 중 하나다. 누가 먼저랄 것도 없이 시작되는 문학에 대한 이야기는 밤마다 끝을 모르고 계속된다. 물론 거창한 문학 이야기가 다는 아니다. 팍팍하게 살아가는 도시에서의 삶과 도시에 기반을 둔 우리의 야윈 일상에 관한 이야기, 명예도 돈도 아니 되는 예술의 끈을 붙잡고 이런 벽지에서 조우하는 우연에 관한 쓸쓸한 웃음들, 불행을 간직한 묘한 동질감, 서로를 짠하게 여기는 든든한 눈빛, 처음 만났지만, 나이도 다르지만, 어두운 밤 서로는 서로에게 모두 빛이었다고 나는 믿는다. 작고 위태로운, 그러나 꺼지지 않을 그런 빛이었다고 여기 고백한다.

하루는 '글을 낳는 집'에서
몇몇 사람과 늦은 밤 막걸리 파티를 했는데
그 자리에서 소설가 임영태 선생님은

역시 소설을 쓰는 부인의 시 한 편을 낭송하였어.
나는 그 시가 너무 아름다워서
듣는 순간 모두 외어 버릴 수밖에 없었거든,
그 시를 여기에 옮겨 두려고 해.

빛은
조금이었어

아주
조금이었어

그런데 그게
빛이었거든

— 이서인, 빛

'빛과 소금' 같은 사람이 되라고 했던가.
그러고 보면 말이지
빛이나 소금은 많다고 좋은 것은 아닌가 봐.
아주 작고 여린 빛, 그리고 꼭 필요한 만큼의 소금,
어쩌면 희망도 그런 거 아닌가. 우리를 겨우 살게 하는 아주 소량의 것.

사랑일 테지

원래 한 마리만 있었는데 어느 날 보니 또 한 마리가 찾아와 있더라.

당신이라는 종합선물 세트

꽃 같은,
가장 아름다웠던 한때의 당신을 버리고 나는 무엇을 얻었을까.

아마도 내가 당신을 잊어버린 것 같다.
그렇지 않고야 이렇게
잠 속에 든 당신 옆에 내가 누워 있겠는가.
이제 당신을 나라고 불러도 될 것 같다. (후략)

— 허수경, 여기는 그림자 속

어쩌다 길을 잘못 들어 시詩를 쓰면서 살게 되었지만 시인으로서도 탐나는 다른 시인들의 구절이 있어 필사하고 또 소리 내어 여러 번 읽는다. 아름다운 문장을 읽을 때면 때로 나도 나를 잊어버릴 때가 있음을 알게 된다. 바로 그 순간, 나도 당신이 되어 가는 것은 아닐지.

당신이 연거푸 실패했다는 소식을 들었을 때 나는 울진에 있었다. 차가운 바닷바람이 불던 울진군 북면. 우리가 '멀미여인숙'이라 부르던 허름한 지붕 아래서 나는 아픈 허리를 뒤척이며 곁에 없는 당신을 생각했고 바람을 만들어 내는 나무를 생각했고 그리고 그 나무처럼 어깨를 들썩거리며 조금 울었다.

꽃처럼 나무처럼 때론 과자처럼 치약처럼 당신은 '나'라는 종합선물 세트 속에 담겨 쉴 새 없이 출렁거리며 소리를 낸다. 당신은 없지만 이렇게 소란한 이 부근이, 이 순간이 어쩌면 모두 당신이 되어 가는 것이라는 생각이 든다. 내가 누우면 당신도 눕고 당신이 누우면 나도 눕는다.

언젠가 영계靈界의 불이문을 우리 함께 지난 적이 있던가. 그건 현생이 던가. 전생이던가.

돌아보면 나, 꽃처럼 살지 못했다. 짧고 아름다웠으면 했는데.

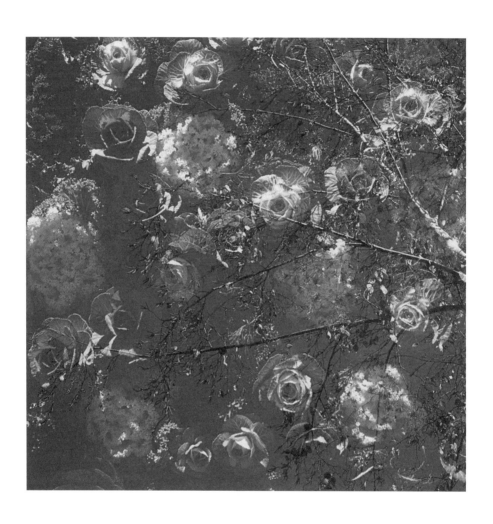

그렇게, 새벽

직업의 특성상, 밤을 새는 일이 잦다.
특히 마감일에는 낮과 밤이 따로 없다.
충무로의 출력소와 사무실을 오가면서
하루가 저물어 가는 것을 보면서
그리고 그 밤이 다시 환하게 밝아 오는 것을 보면서
누군가 그렇게 내 안팎을 스치는구나, 느끼면서
새벽엔 나도 아름답고 순해지는구나, 고개 끄덕이면서
그 뒤에 숨겨진 어떤 미미하고도 끈끈한 힘을 감지하면서
모질게 군 나의 과거에 용서를 구하면서
작업의 마지막 날이라고 해서 아무것도 달라질 것 없다는
것을 깨달으면서
또 살아야겠구나, 다시 한 번 마음을 고치면서
그렇게 하나의 프로젝트를 마친다.

그런 새벽엔 사진도 찍고 싶고
일과 관계없는 글도 몇 자 끄적이고 싶고
꾸벅꾸벅 졸며 카페에 오래도록 앉아 있어 보고 싶고
어느 낡은 여관에 들어 미치도록 자 보고도 싶고
등 굽은 할머니가 하는 실비식당에 들러 혼자 밥을 먹고 싶고
그러다가 혼자 밥을 먹는 일이 다시금 부끄러웠으면 좋겠고
쓸쓸한 것들에 대하여 잠깐 생각할 수 있으면 좋겠고
커피가 식어도 좋을 담배 한 개비 피웠으면 좋겠고……

문득, 그래 그런 사람 있었는데……, 그 사람 지금 뭐하나?
생각나는 사람이 있으면 좋겠고

여전히 내 삶이 아름다운 쪽으로 가고 있다고
믿을 수 있으면 좋겠고,
그렇게 그렇게, 새벽엔.

고개 끄덕거리는 오리처럼

문득 여행을 가고 싶어.
목적지가 정해져 있지 않은 여행.
가방 안엔
좋아하는 필름이 가득하고
일주일 분의 담배가 넉넉히 담겨 있는 그런 가방을 들고서.
아, 가방 안에는 배가 고프면 먹을 수 있는
먹다 남은 빵 한두 개가 담겨 있어도 좋겠어.
그 빵 냄새를 닮은 근간의 시집도 한 권 챙겨 넣고.

어두워지는 곳에서 짐을 풀고,
아니 때론 새벽에 일어나 돌아다니다가
해가 중천에 뜨면 여인숙에 들러 잠을 자고,
다시 해질 무렵엔 어느 천변에
고개 끄덕거리는 오리처럼 앉아 있을 수 있으면 좋겠어.
긍정의 오리가 되었으면 좋겠어.
그럴 수 있다면

그럴 수 있다면
짧은 다리의 붉은 우체통과 함께 여행 가고 싶어.
그런 쓸쓸한 표정을 가진 붉은 노을을 보러.

거기 내가 예상했던,
아니 내가 조금도 예상할 수 없었던
당신이 기다린다면 좋겠어.

당신에게 전한 아픈 말

언제나 여행에서 돌아오면,
카메라에 담지 못해 아쉬웠던 순간보다는
찍지 말았어야 할 사진이 더 많음을 알게 된다.
마치 하지 말았어야 할 말을 했던 것처럼.

실패한 사진, 그것은 흔들리거나 너무 어둡거나 비뚤어진 구도의
사진이 아니라 너무나 잘 찍은 한 장의 사진이라는 것도 알게 된다.
그곳에 가면 누구나 담을 수 있는 그런 사진.
마치 명언들로 가득한 명강의 같은 그런 사진.

그리하여 여행에서 돌아오면
실패한 사진을 하드디스크에서 지우고 비우느라 분주하다.
사진의 성공이나 실패는,
거기 내가 담고자 했던 피사체 앞에
절실한 나를 내려두고 왔느냐 하는 것인데.
그러므로 사진 또한 결국 마음속에 있었던 것인데.

그나저나 어쩌하나.
당신에게 이미 전한 그 아픈 말은
당신의 가슴에서 영영 지울 수조차 없는데 말이다.

폭설 내린 어느 봄날

폭설 내리던 새벽,
술을 조금이라도 마시는 날엔 늦게까지 잠들지 못한다.
참 오래된, 좋지 않은 버릇이다.
그런 버릇처럼 어느 봄날, 뜨겁게 눈이 내렸다.
폭설이라는 제목의 졸시를 썼던 날도 아마
그런 봄날이었던듯 싶다.

그리고 그 새벽에 나는, 상징이 존재하던 날들을 그리워했다.

1

길이 낮게 들썩인다. 폭설이 시작되자 밤의 나무들은 모두 가등街燈 아래로
모여든다 먼 곳의 숲이 어진 나무들을 모아 이름 없는 산이 되고 스스로의
경계를 지우는 동안 나는 점 찍을 수 없는 어떤 나라의 낡은 지도를 펼치곤
하였다 어머니, 제발 엔카 좀 그만 부르세요 그립지 않는 것도 가끔은 그리운
밤, 화해나 용서 같은 말에 밑불을 놓고 창밖으로 혀 내밀면, 닿을 수 없는
공중에서부터 눈발은 거친 둔덕 아래로 곤두박질쳤다

와르르 무너졌다가 다시 튕겨 오르는 백발白髮, 틈새마다 바람이 푸르르
끓다간 소리 없이 사라졌다. 그만 자려무나

2

쉬 붉어진 알등과 내가 할 수 있는 일이란 밤새 더러워진 문자들을 닦거나 숨
죽여 지도를 그리는 일, 길은 마른 오징어 같았다 쪼그라든 빨판 같은 어머니
기침 소리에도 기억은 총총 토막 나곤 하였다 가령, 지면 위로 손바닥 흔드는
낙엽의 고별이나 어머니의 잠 속에서 퇴각하는 늙은 군인들의 발자국 따위, 그

위를 덮으며 눈은 가등 아래서 한 번 더 내린다

고단한 주어主語들이 부드럽고 아픈 묘혈 짓는다 희고 둥근 창밖으로 밤새 미완의 빛들이 절뚝이며 흘러 다녔다 무례한 손전등처럼 더듬어 보는 아랫목 어머니 모로 누우신 능선 본다 길이, 아득하다

— 졸시, 폭설

늦게 잠자리에서 눈을 뜬 아침,
폭설이 내려 끊어진 길과 고립된 마을에 관한 이야기가
뉴스를 통해 흘러나오는데, 나는 문득 생각한다.
폭설이 내리지 않아도 이미 나와 끊어진 사람들이 얼마나 많은가.

당신에게 쓰는 편지

용산지나삼각지너머굴다리밑공업용우지라면을
후후불며함께먹던당신과주문같았던방백들
오래완성되지않던문장들새해복많이받으세요

당신이제게주신맑시즘엔곰팡이슬었네요
잉곳(鑄塊)같은정신은맑지않네요때로사랑도
병든이념만같아서당신새해복많이받으세요

— 졸시, 근하신년(일부)

다스한 겨울 햇살이 들어오는 창가에 앉아 사진 찍습니다.
사진을 찍는 일은 내가 당신을 기억하고 싶다는 것이죠.
남들 다 잃어버리는 세월을 당신만은 잃지 않기를 바라면서.

새해가 되었는데도 세상은 그다지 아름답지 못하고
나는 여전히 사람을 믿지 못하는군요.

미안하지만 조금 더, 조금만 더 이렇게 살겠습니다.

당신은 사진 속 카메라처럼, 아름다운 겨울 햇살 속에서
행복하거나 들뜨거나 혹은 겨울 고양이처럼
잠시 고개 떨구며 졸아도 좋겠습니다.
칼라 보노프*의 편지(The Letter)가 흐르는 그런 거실에서 말이죠.

* 칼라 보노프Karla Bonoff는 미국 가수이다. 1951년 미국에서 태어났다.

점점 붉은색이 좋아져

우연히 마주치고 우연히 잘 어울리는 그런 만남이 있다.
당신과 나처럼.

사랑에   관한

짧은   몸살

극점에서

사실은 노래하고 싶었다. 시를 짓는 것이 아니라 글을 쓰는 것이 아니라 내 안에서 흘러 다니는 물결, 그 필패必敗의 무늬들을 노래하고 싶었다. 어떤 사진을 찍으시나요? 어떤 시를 쓰세요? 사람들은 그렇게 곧잘 묻곤 한다. 하지만 실은 어떤 사진인지 어떤 시인지는 그다지 중요한 일이 아니다. 중요한 건 세상 어떤 것이든 자기가 운용할 수 있는 극한까지 갈 수 있느냐 하는 것이다. 극한은 그 자체로서 언제나 많은 것의 희생이나 포기를 요구하고, 문제는 그렇게 많은 것들을 포기한 그 극한의 외로움을 스스로 견디고 사랑할 수 있느냐 하는 것이다.

사랑은 논리보다

도스토예프스키의 장편, 「카라마조프의 형제들」 중
이반에게 알료샤가 말하길
"논리보다 앞서서 우선 사랑하는 거예요".

당연하게도 이 말은 논리보다 사랑이 우선한다는 말이 아니다.
단지 사랑에 있어서 논리는 고려의 대상이 아니거나
혹은 부차적인 대상이라는 이야기다.
말하자면, '그럼에도 불구하고' 사랑한다가 아니라
사랑만큼은 논리의 범주를 벗어나야 한다는 말이다.

그러나 우리의 사랑이 어디 그런가.
조건을 보고, 비교하고, 따지지 않는 사람이 있는가.
그러나 있을 것이다.
있을 것이라 믿는다. 부러 믿어 볼 것이다.

문학을 향하는 우리의 시선도 그러해야 한다.
문학으로 실용할 것은 없지만
사라져 가는 가치, 어딘가에 존재하지만 보이지 않는
인간의 가장 근본적인 가치에 대해 생각하는 것,
그것을 다시 일깨우는 것.

그런 보이지 않는 가치가 있다고 믿는 몇 사람의 마음이
세상을 바른 곳으로 이끌어 가고 있다고 나는 믿는다.

사랑에 관한 짧은 몸살

그러니까, 피로하중이란 것이 말이지.
꼭 이런 거야, 붕괴를 불러올 만큼의 하중이 아니었음에도 무너지는 거.
어떤 콘크리트 구조물, 우리의 어깨,
떨어지는 꽃들과 당신, 그리고 나.

지령지령, 사인곡선처럼 반복되는 환청 듣는다 별들이, 머리맡에 모여 묻는다
그럽냐, 그럽냐고 발음하는 그 발긋발긋, 열꽃들 이마에 필 때마다 창문은 제
흐린 예감이 가렵고 물컹물컹한 살 금방이라도 허물 듯 나는 헛땀 쏟는다 이
제 곧 비가 오리라 살기 위해 머리 내미는 가느다란 기억의 농담濃淡들, 몸을
허락하는 것보다 사랑한다 말하는 일이 더 어려웠던 여자가 있어서 꼬물꼬물
콩나물 대가리처럼 피는 아픔 있어서 힘겹지만 아름다운 진흙 향기 하늘까지
오른다 머리가 끊어지면 꼬리가, 꼬리가 끊어지면 머리가 대신하는……, 추억
의 몸, 몸들 왜 만질 수 없는 강박의 방들은 모두 환형環形인가

내 머릿속 황토밭, 지령지령 당신을 앓는다

— 졸시, 사랑에 관한 짧은 몸살

조금은 두렵게

바라는 것이 있다면
당신을 처음 만났던 날처럼
언제까지나 당신이 조금은 어렵고
당신에게 건너가는 나의 말들이 조심스러웠으면 합니다.

막역莫逆 안에서도
우리가 서로를 믿어 주는 그 든든한 눈빛 안에서도
당신을 두려워하는 마음이 조금은 내게 남아 있었으면,

새로이 시작하는 일을 두려워하듯
꺼내기 전의 말을 두려워하듯
씌어지기 전의 글을 두려워하듯
무엇보다 당신을, 사람을 두려워할 수 있었으면 합니다.

그리하여 그만큼 겸손해지고
어느 저녁처럼 조금 더 착해져서
언제까지나 당신을 배려하는 마음이 내 안에 가득하기를.

그러고 보면
우리가 두려워하지 말아야 할 것은 두려움밖에 없는지도 모른다.
그렇게 우리는 다시 두려운 사랑을 시작할 것이고
우리가 서로에 대한 두려움을 잃지 않는 한
어떤 두려움도 우리를 쉽게 범하지 못할 테니까.

유자나무 당신

창을 바라보며
그 창에 불이 켜지기를 기다려 본 적 있는가
돌아오지 않는 사람을, 끝내
환하게 밝아 오는 새벽까지 기다려 본 적 있는가

유자는 그렇게 열리는 것이지
유자가 유자이기 이전의 자각으로부터
귤도 아니고 오렌지는 더더욱 아닌,
한 그루 나무가 자라 공중에 창을 매달고
그리고는 마침내 한 알의 노란 등을 켜들 때까지

당신이 만일 누군가의 창을 바라보며
그 창이 노랗게 익어 가기를 힘겹게 기다려 보았다면
어쩌면 우리는
한 생애의 모든 슬픔을 미리 만났던 것인지 모른다

내 안의 당신도 그렇게 열리는 것이지
긴 겨울을 견디고 유자가 열리듯 노랗게
내 안을 밝히는, 유자나무 당신

첫사랑

전깃줄도 금(線)이다.
가까운 가로등이 벌레통처럼 나방들을 끌어모아
마음 어지럽히기도 한다.

오래 걷다 보면
저녁 하늘의 어두운 침묵 속을 한참 들여다보면
나무들이 키워 온 사랑스런 가지들은
죄다 균열이다.
하늘 쩍쩍 갈라놓을 수 있다고 믿었던,

그러니 세상 모든 새싹은
상처뿐인 내 생의 징후였구나.
깨어진 금의 시작점 같은, 임계점 같은
거기, 오래전으로 거슬러 올라가면

달의 둥그런 이마에 머리 부딪고 싶었던
어린 나방 한 마리를 나는 알고 있다.

우리는 매일매일

매일매일을 자판기에서 돈을 내고 구입하는 거라면 좋겠어. 가끔은
사고 싶지 않은 날도 있으니까.

그러나, 실패는 나의 힘

한번은 다른 것을 말하고 싶었던
다른 형식이고 싶었던 시간을 실패라 말해도 될까.

돌아보면 내가 걸어온 길은 끊임없는 실패와 실패로 이어져 있다.
그러니까 나는 이미 실패했거나 적어도 실패하는 중이다. 라고 써야만
한다. 이 무슨 청승의 문장인가.

두 무릎을 세우고 앉아 복사뼈를 어루만지는 순간들.
숨이 막힐 듯 캄캄한 어둠 속에서
두 귀를 무릎에 묻고 내 이름 석 자를 발음할 때
모래로 만들어진 것만 같은 내 목소리들.
나와 나 아닌 것으로 이분된 시간들.

그렇게 좌절의 시간들 속에서 한 몇 달 견디고 나면
다시금 어떤 바람이 불어와 내 살갗을 쓰다듬고
조그만 빛 같은 것들이 따끔따끔 가슴에 박히는 걸 느낀다.
그것을 희망이라 말해도 되는지 잘 모르지만
적어도 이렇게 썼던 적이 있다.

내 의지와는 관계없이 다른 무엇이 되고 싶었던 것
그것이 실패라는 단어의 생래적 본질이라면
그렇다면
나는 나대로 다시 내가 되어야 하지 않겠는가.

나는 나대로 다시 내가 되어야 하지 않겠는가.

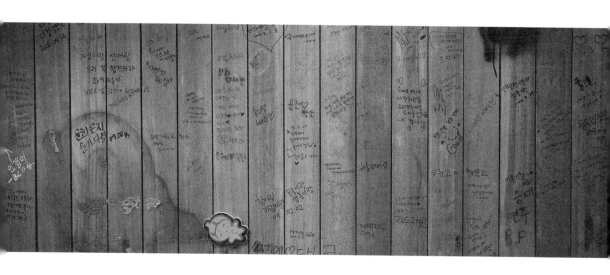

연애에 관한 어떤 오해

냉장고 문이 닫히는 순간, 이야기는 시작되네.
뚜껑을 열면 피어오르는 오르골의 음계처럼,
냉장고 안에선 당신이 먹다 넣어 둔 피클 조각과
유효기간이 지난 나의 필름들이 쓸쓸한 연애를 한다지.

반찬들, 엉망인 채로 엉켜 있는 건
내 출근시간에 맞춰 열리는 댄스 대회 때문이라지.
'안개의 영혼'이라는 이름을 가진
그 춤의 절정은 슬픈 빗소리를 닮았다지.
누군가 냉장고를 여는 순간, 얼.음.
냉장고를 여는 순간, 닫혀 버리는 이야기.

그렇게 냉장고 문이 닫히는 순간에서야 비로소
다시 시작되는 이야기.
내가 잠든 사이, 무령 무령 돌아가는 냉장고.
물론 그 안쪽의 이야기는 듣지 않아도 시원할 테지만,
아마 모르긴 몰라도 사랑만큼이나 지독하게 외롭다지.

그리운 습격

당신이 뛰거나 걸을 때 당신 안에 담겨 있는 그리움이 컵에 담긴 물처럼 찰랑거리는 것을 느낀 적이 있는가. 이젠 다 잊었다고 생각했는데 어느 순간 몸 밖으로 넘쳐 쏟아지는 추억들을 어쩌지 못하고 걸음을 멈춘 적이 있는가.

나의 의지와는 아무런 관계없이 경계를 확장해 가는 감정의 행보를 느껴 본 적이 있는가.

잎들을 손에 쥐고 한없이 흔들리는 나뭇가지의 자세를, 그 사이를 몸 부딪히며 치열하게 돌진해 가는 바람의 눈을, 어느 순간 떨어져 내리는 눈물 같은 심장을, 그 모든 것들에 이입되는 한 순간의 나를 발견해 본 적이 있는가.

그렇게 갑작스럽게 그리움은 어느 날 나를, 당신을 습격해 온다.

어떤 연주법

봄이 오면 결혼 시즌이다.
사실 결혼 적령기라는 건 이제 멸종된 듯하다.
친구들 중엔 아직도 결혼을 하지 않은 선남선녀가 수두룩하고
그나마 갔던 친구들이 다시 되돌아오기도 하니
늦게 가더라도 다시 돌아와 전화하지 않았으면 좋겠다.

결혼식 사진을 몇 번 찍어 준 적이 있는데,
그중 내가 기억하는 친구 L군의 결혼식은 꽤나 감동이었다.
탬버린의 박자라도 맞추면 다행일 녀석이
결혼식을 위해 몇 달 플루트를 연습했던 거다.

음을 맞추는 것은 고사하고,
도중에 소리조차 제대로 나지 않던 L군의 연주,
하객들의 박수 소리, 다시 시도하고 다시 시도하여 끝까지 해낸 L군.
연주를 마치고 사진을 찍는 내게 '떨려서 그런 거야' 하며 싱긋한
웃음을 건네던 L군.

그 플루트 연주를 듣던 신부의 모습이 내겐 아직 생생하다.
안타까워서 울다가, 또 행복하여서 웃다가…….
신부에게 그 연주는 평생 듣게 될 어떤 음악보다 아름다운 연주가
아니었을까.

함께 건축을 전공한 대학 졸업동기 L군.
덩치에 맞지 않게 정말이지 예쁘고 정밀한 모형을 만들어 내던
학창시절의 언밸런스한 그를 나는 지금도 기억한다.

생각과 현실은 곧잘 충돌을 일으켜 우리를 당혹케하지만
그러나 진심을 연주할 수 있다면, 잘하고 못하고는 아무런 문제가 되지
않을 것이다.
삶에 대한 주법도 그럴 것이다.

비는 음악이다

비는 기별이다. 그렇지 않고서야
그 많은 사람과 추억이
어떻게 비와 함께 한꺼번에 밀려오겠는가.

어느 날 문득 소식이 끊어진 사람들
말 못할 상황으로 인해 결별한 사람들
단 한 번 마주쳤으나 빛 같았던 사람들
전화번호를 지웠으나 머릿속에선 지워지지 않은 번호의 주인들.

차 안에서, 혹은 창가에서
비가 내리는 소리를 듣고 있으면
후둑 후두둑, 고양이 발걸음처럼 와서는
대책 없이 마음 한자리를 차지하고야 마는 추억들
그 추억이 불러내는 주문呪文 같은 음악들.

그러므로, 또한 비는 음악이다.
음악이 아니고서야 어떻게 그 많은 사람이
오랜 시간이 지난 지금까지 내 가슴 속에서 울고 있겠는가.

둘째형에게서 온 편지

어느 날 문득 문자 하나가 날아들었다. 그 문자를 그대로 옮기자면 아래와 같다.

내가 그랬듯이 그들은 각자의 인생 안에서 만난 다른 추억과 조우하는 중이었다. 눈앞에 다가온 혹독한 겨울을 준비하는 나무들의 속삭임이거나 산들이 나누는 대화임에 분명하다. 적갈색 나무 송림을 흔들며 퇴색한 소나무 가지를 지나 아래쪽 땅을 메운 얼룩 조릿대 잎이 함께 몸을 떨었다.

어떤 순간이었을까. 아마도 형은 여럿과 함께였을 것이고 그 여럿은 아무런 말없이 눈앞에 펼쳐진 어떤 광경을 숨죽이며 바라보았을 것이다. 작은 경외이거나 지독히도 쓸쓸했던 순간이었을지 모른다. 문자가 도착했을 때 나는 밥을 짓고 있었고, 가까운 의자에 앉아 한참 동안 그 문자를 읽고 또 읽었다. 아무런 답장도 하지 못했고 그 뒤로도 형을 여러 번 만났지만 한 번도 그 문자에 관해 묻지 않았다.

침묵은 늘 많은 것을 품고 있다. 침묵은 생각보다 시끄럽고 분주하기 짝이 없다. 아마도 그 순간은 겨울에 여름을 생각하거나 여름에 겨울을 생각하는 그런 고독과 가깝다. 언제나 웃는 얼굴로, 언제나 더없이 선한 표정으로 만나고 헤어지는 우리의 뒷모습 속엔 늘 그런 종류의 고독이 스며 있다. 형의 문자는 산문의 형태를 띠고 있지만 으스스 몸을 떨게 만드는 유비類比를 품고 있으니 시라 해도 무방하겠다. 어찌되었건 여전히 나는 형이 보낸 짧은 편지의 의미를 조금은 알겠고 또 조금은 모르겠다. 같은 곳을 바라보며 서로 다른 추억과 조우한다든가 혹은 나무들의 속삭임을 읽어 내는 일은 어찌 보면 매우 감각적인 사고의 영역이어서 고개 끄덕이지만 '함께 몸을 떠는' 실존만은 적어도 알고 모름이라는 인지적 세계 속에 있을 리 없으므로.

주어가 생략된 저 묘한 끌림의 문장 속에서 형용과 동태만 남아 버린 그 허상을 형은 추억이라 말하고 싶었던 것일까. 아니면 주체가 사라져 버린 쓸쓸함을 어느 날 문득 글로 남겨 두고 싶었던 것일까. 문학을 전공한 형은 중국 전문가가 되었고, 비전공의 나는 시를 쓰며 살고 있다. '각자의 인생 안에서 만난 다른 추억들'과 살고 있는 셈이다. 다시금 쌀을 씻는다. 서로 몸 부딪는 쌀알의 소리를 듣는다.

사진 속에 담긴 것들

이곳을 기억하시나요? 사진에는 보이지 않지만 카메라를 들고 있던 나
와, 환하게 웃고 있던 당신이 저기 사진 바로 앞에 있었지요. 사진이 선
사하는 매력이란 보이지 않는 순간이 이렇듯 우리의 기억 속에 함께 저
장된다는 것이지요.

당신이   살고 있듯

나 또한 　　　　　　　살고 　　있습니다

사라지는 것들을 위하여

"당신이 살고 있듯 나 또한 살고 있습니다."

버려진 채로 맞지 않는 시간을 돌고 있는 시계.
더 이상은 오지 않을 주인을 기다리는 신문.
더께를 더해 가며 쌓여 가는 소식 따위
넘어지고 쏟아진 채로 자라는 풀들.
희망 같던 작은 창도 이제 모두 사라질 것이다.

서울은 한때 재개발 경연장 같았다. 재개발이 될 것이라는 소문은 삼
척동자도 알만큼 흔한 일이었다. 어디를 둘러보아도 타워크레인이 하늘
가장 높은 곳을 차지하고 있었다. 사실 재개발이 나쁘다거나 좋다거나
어느 한쪽으로 단정지을 수는 없다. 사람의 일이란 어느 관점에서 바라
보느냐에 따라 견해가 다르기 마련이니까.

기억나지 않는 두세 살의 어린 시절을 나는 서울의 지붕 같은 금호동
꼭대기에 살았다고 했다. 사진으로 남아 있는 그 골목에서의 나는 띠
동갑의 형에게 업혀 있거나 자전거에 앉아 있곤 했는데 다시 가 보고
싶어도 이제 그곳은 없다. 실핏줄 같은 골목이나 낮은 지붕들이 있던
자리엔 으리으리한 아파트들만 들어서 있을 뿐이다.

사진의 왕십리 또한 그렇게 사라지는 중이다. 철거현장에 카메라를 들
고 가면 못마땅한 눈빛으로 나를 쏘아보는 어김없는 '어깨'들이 있고
'공가'라고 새겨진 붉은색 페인트의 글씨들이 있고 이사 목록에서 빠져
버린 세간들이 마당에 여기저기 쓸쓸히 버려져 있다. 헝클어진 모습들,
어떤 불길한 체념을 간직한 표정들. 그러나 그 모든 것들이 낯설지 않

다. 나 또한 저렇게 낮은 곳에서 흐르던 시간이 있었으므로.

재개발의 필요 유무를 떠나 나는 단지 사라지는 것들을 안타까워할 뿐이다. 나무로 만들어진 울타리에서 옹이가 빠져나간 자리를 본 적이 있는가. 당신의 눈동자만한 동그라미. 울음도 상처도 덩치가 더 큰 것들마저도 그 속으로 다 흘러갈 것만 같은 작고 강퍅한 동그라미. 재개발 현장에 갈 때마다 그 동그라미마냥 허전해지는 것은 어쩔 수 없었는데.

가뭇없이 사라져 가는 것들이 새롭게 익혀야 하는 것만큼이나 많은 세상이다. 언제까지나 늘 곁에 두고 싶었던 것들은 가고 사진들만 덩그러니 남는다.

당신도 그러하다. 나의 곁을 내어 주고 한 천 년쯤 살 섞고 싶었던 당신, 그러나 당신은 떠나고 당신을 멀리 보내기 위하여 내가 버티듯, 당신도 힘껏 버티고 있을 것을 안다.

나에게 쓰는 편지

대충 살거나 대충 생각하거나
그럴 바엔 차라리 아무것도 하지 않는 게 나을 거라 생각했다.

그러나 그런 생각이 나를 망쳤다.
탐진은 장난감 가게에 들어선 아이처럼 내 손을 이끌고 다녔고
난 나의 전공 분야가 아닌 것들에게 더 많은 애정을 바쳤다.

나이 서른에 늦은 시를 쓰기 시작했고
건축기행을 가서는 건물 앞에 자란 들꽃들만 사진으로 담았다.
이제와서 이렇게나 혼란스러운 나를 어찌 정리해 보겠다는 뜻은
아니다.

시인 강연호는 썼다.
잘못 든 길이 지도를 만든다, 라고
또 시인 이문재는 말했다.
줄지어 가는 길은 여간해선 기쁘지 않다, 라고

그러니 여전히 생각한다면 나여.
역사나 관성 관습 타성 그런 것들로부터 멀리 가자.
기왕 갈 거라면, 돌이킬 수 없는 거라면
탐진의 허무, 그 깊은 바닥까지 내려가 보기로 하자.

그리고 무엇보다 나로부터
멀리, 멀리 가자.
제발 생각지도 않은 곳으로 가라. 나여.

구름 편력

셀 수 없는 구름들을 나는 지나왔으니,
서해 어디쯤이거나 차가운 사막의 귀퉁이쯤이 태생이었을
구름의 먼 행보는 모르는 것으로 한다.
석 달 열흘 동안 먹장구름이 눈물로 떠나지 않았다거나
나와 어느 달콤한 오월의 구름 사이에
보름달 같은 아이가 자란다는,
뜬소문들이 연기처럼 자라나 헐한 저녁을 짓곤 했다.

그러나 이제 시월,
하늘은 생각의 고도高度를 조금 높인다. 실상은 늘
비가 되어버린 구름의 후일담 같은 것.
나는 구름을 위해 몇 편의 시를 짓거나
시절의 아름다운 증거를 사진 속에 가두었으나
대부분 먼 배경이었으며 알고 보면
구름 모자들이 한 번쯤 쓰윽 나를 써 보고 간 것뿐이었다.
뒤를 삶이 들러리처럼 걸었으니,
변덕스럽고 지독했던 체위가 내 이력의 전부였구나.
내가 가졌던, 그러나 위독했던 한 떼의 구름들,
그녀들이 알선해 준 내 몽상의 일터엔
한 줄로 선 토끼나 양떼들이 슬픈 톱니바퀴를 돌리고 있다.
구름이 나를 망쳤다.

너무 많은 하늘이 나를 스쳐지나 갔다.

— 졸시, 구름 편력

구름, 당신의 궤적을 담아 보았어,
어디로부터 와서 이제 어디로 가시려는지.
나는 구름 수집가. 구름이 내 피의 10퍼센트를 차지하고 있다고 믿는
몽상가.

구름, 당신에겐 참 할 말이 많아, 당신은 떠나간 애인 같으니까.

그해 여름

나의 삶은 빈 그네처럼 지리멸렬했네.

열어 놓은 창문으로
오랜만에 바람이,
시원하다고 느껴질 만큼의 바람이
내 얼굴을 스치고 있다.
소설책을 펴고, 접어둔 페이지의 한 단락을 다시 읽는다.

남자가 객잔 안으로 들어가자 바닥에 나비가 떨어졌다. 나는 비를 가져와
나비를 쓸었다. 꽃잎과 나비가 섞였다.

— 이상우, 「객잔」 중에서

묘한, 꿈속 같은 묘사다.
언젠가 저런 몽환적 봄 속에 내가 있었던듯 싶고
나는 생각나지 않는 과거로 과거로
자꾸만 스며들고 싶은데,

바람이 묻는다.
누군가 지금의 자네를 읽는다면 그 사람은
자네와의 한 페이지를 접어 기억하려 하겠는가?

그래, 지금이란
지금이란 바로 그런 시간이다.
그때 그러했듯

지금 읽지 않으면, 그 사람은
그 세월은, 다 떠나고 없을지 모른다.

플라시보 당신

당신은 위약僞藥이다.
내게 당신은 위약이지만 생각해 보면 당신,
약은 아니고 그냥 당신일 뿐이다.
그러나 나는 당신에게서 힘을 얻고
당신을 통해서 살아 있는 기쁨을 느끼고 있으니
당신은 또한 약이 맞다.
당신의 웃음, 당신의 손짓, 당신의 말투 같은 것.
가루 같은 그 성분들이 내 추억에 골고루 스며 있다.

그러니 당신은 약이 맞다.
내 지병과 내 슬픔을 위해 처방된 당신이 아니기에
당신은 위약이지만

위약이어도 좋다 당신
한 천 년, 곁에 두고 불러 보고 싶은,
여보세요, 당신,
플라시보* 당신

* 플라시보Placebo, 플라세보라 쓰는 것이 표기법에 맞지만 플라시보라 쓰고 싶다.

나의 눈에는 무엇이 담겨 있나

고집스럽게, 그렇다. 고집스럽게라는 말이 어울린다. 우리가 쉬 놓지 못하고 쥐고 있는 것. 누구나 그런 것들이 한두 가지씩은 있다. 융은 일찍이 자기와 자아의 개념에 대해 '자기실현이란 자아가 무의식의 심연 속에 존재하는 자기의 목소리를 감지하는 것'이라 했다.

그렇기에 우리는 끊임없이 어딘가로 가고 있다. 내게 없는 무언가를 찾고 싶어하고 내 안의 진짜 나(Atman)를 발견하길 원한다. 또한 그것은 아주 주관적인 것이어서 어딘가 모르게 한쪽으로 기울거나 하나의 점을 지향하기도 한다. 그러니까 나침반의 바늘처럼 자아는 어딘가를 가리키며 우리를 그쪽으로 안내하는 셈이다. 나침반의 바늘이 가리키는 곳, 그곳은 대체 어디이며 무엇일까. 지구라는 이 별에 어느 날 '툭' 하고 떨어진 각자는 알 수 없는 그 원형原型을 찾아 방황을 시작하게 된다.

여기 아름답고 쓸쓸한 하나의 이야기가 있다. 시에 서사가 꼭 필요한 것은 아니지만 서사여서 아니 될 것도 없다. 시란 생경한 단어들의 모음도 아니고 대단한 철학적 사고의 산물은 더더욱 아니다. 어쩌면 시란 앞서 말한 대로 우리가 고집스럽게 붙잡고 있는 하찮은 그 '무엇'이다. 그 '무엇'이 비유와 상징의 옷을 입을 때 시가 된다. 아래 시를 읽어 보자. 남극을 그리워하는 펭귄과 극점으로 가고 싶은 당신, 그 둘은 한 몸이다. 그리고 거울을 보자. 지금 나의 눈엔, 당신의 눈엔 무엇이 담겨 있을까.

당신은 진지한 표정으로 배낭을 꾸린다. 창밖에는 폭풍이 몰아치고 있다. 비 내리는 어느 오후. 당신은 소풍을 떠나려 한다. 배낭 안에 바나나 따위는 없다. 동물원 가는 길. 위로 비구름 지나간다. 당신은 배낭을 메고 소풍을 간다. 우산

도 없이, 폭풍을 뚫고 가는 소풍. 이 길이 끝나면 비 그치려나. 신발 안의 빗물이 둔탁한 소리를 만들어 낸다.

비에 젖어, 당신은

주머니에서 나침반을 꺼낸다. 나침반의 바늘은 고집스럽게 극점을 가리키고 있다. 바늘의 끝을 따라가면 빙산을 만날 수 있을까. 당신은 비를 맞으며 동물원으로 가고 있다.

그곳에서 펭귄을 만나리라.

동물원의 펭귄, 물위에 누워 나침반처럼 극점을 가리키고 있다. 비에 젖은 당신, 유빙처럼 살아온 삶이었느냐고, 남극을 잊었느냐고 펭귄에게 묻는다. 펭귄은, 극점에 담겨 깊은 바다로 가라앉고 있는 중이다.

두 눈 가득 남극을 담고.

— 조동범, 그리운 남극

무엇보다, 지나간 사랑을 부정하지 말기

자전거는 한 번 익히면 잊지 않지.
그러나 사랑은 웬만해선 익숙해지지 않아.
그렇다고 그 서툰 사랑이 어리석었던 건 아냐.
설령 잊혀지더라도 떠나간 사랑을 부정하지 말기.

목요일의 우울을 위한 레토릭 1

우리, 수요일은 이르고 금요일은 너무 늦을 터이니. 목요일에 만납시다.

어딘가, 내가 없는 곳에 두고 온 내가 아프다. 환상통처럼, 그것은 부재로서 실존한다. 새벽, 이불 밖으로 나가 있는 한쪽 발의 서늘함을 느끼면서 삶은 겨우 어떤 단서를 마련한다.

나무 되기, 고등어 되기, 성냥팔이 소녀 되기, 창녀 되기, 시인 되기, 그건 모두 같은 종류. 당신이 공감한다면 우리는 결국 같은 종류의 폐허를 간직하고 있다는 거다.

관념은 구체화되어야 하고 사물은 정신을 얻어야겠지만 그러나 그것은 삶에 대한 일종의 강박에 불과하다. 무엇보다 중요한 것은 그 일종의 강박이 내 것이냐 아니냐 하는 것.

돌아오는 달에는 부디 더 많은 약속을 깨고, 부디 더 많은 부정을 긍정하기.

내가 살던 유년이 아직도 어딘가에서 살고 있을 것만 같다. 시월엔 따뜻한 사과의 씨방 속에서, 유월엔 바람이 사라지는 어느 틈에서, 내가 모르게, 나만 모르게 그들이 그들만의 살림을 꾸려 가고 있을 것만 같다.

누구는 내리는 비를 바라보고, 누구는 내리는 비의 사이를 본다.
나는 뼛속까지 회색, 삶은 뼛속까지 미완성, 수요일은 어리고 금요일은 너무 늙어 있을 터이니 그러니 우리, 목요일에 만납시다.

그럼 됐어

"당신은 내가 없는 곳에서도 잘 살아가리라 믿어, 내가 아는 누군가가 어디선가 하나의 튼실한 제국을 세우고 거기서 정성스러운 하루하루를 살아가고 있을 거라는 상상, 그런 상상만으로도 든든하지 않아? 그럼 됐어."

"……."

그렇게 이별은 시작되고 그 이별은 기약 없는 재회의 순간까지 계속 진행 중일 거란 이야기.

그렇게 몇 사람을 보낸 적이 있지. 사실 금세 뜨거워지거나 혹은 차가워지는 성정이 아닌 나는 누군가와 크게 다투고 헤어진다거나 헤어지는 순간 원수가 되는 그런 이별을 해본 기억이 별로 없어. 그저 계절이 끝나가듯 어느 순간 인연이 여기까지인가 하는 생각이 들고 그런 생각이 서로를 물들여 서로가 서로에게서 조용히 물러났을 뿐.

그러니 누군가에게 들었던 저 말에 나는 진심으로 동의해야 할 부류의 사람인 걸, 그런데, 그런데 "그럼 됐어"라는 말이 자꾸 마음에 걸리는 거야, 간단한 말인데 거기엔 참으로 많은 여운이 담겨 있다는 생각을 지울 수가 없는 거지.

그러니까 '그럼 됐어'라는 말의 '그럼'은 풀어 쓰면 '그러면'이 될 것이고 '그러면 혹은 그렇다면 됐어'라는 말은 앞서 이야기했던 모든 것들을 인정할 때에만 성립 가능해진다는 것이지. 무언가 자꾸 여운이 남는 건 말이지, 앞서 당신이 말한 것들을 지켜 낼 자신이 없었기 때문은 아니었을까. 말하자면 잘 살아갈 수 있을지 없을지 모르겠단 것이지.

이별 뒤에, 잘 살아 주는 것이 예의인가? 혹은 그렇지 않은가. 여전히 난 잘 모르겠어. 어찌되었던 난 헤어진 사람 모두가 정말로 당신들만의 튼실한 제국 속에서 행복하길 바라. 하지만 말이야 그 사람을 보내고 잘 살 자신이 없다면 붙잡아야지. 그렇지 않겠어? 내 생각에 동의하나 당신?

그럼 됐어.

세상에서 단 한 장뿐인 사진

나의 폴라로이드 사진을 받은 분이 계신가요?
그랬다면 내게 당신은 아주 소중한 사람이었던 겁니다.
왜냐하면 그건 세상에서 단 한 장뿐인 사진이니까요.

폴라로이드 사진으로 무지개를 만들었습니다.

저 무지개를 만드는데 십 년이 걸렸군요.
냉장고에 보관 중이던 필름도 이제 몇 개 남아 있지 않은데,
언젠가 또 다른 무지개를 만들 수 있을까 기약은 없고.
전시용으로 전락해 가는 카메라들,
새삼 세월의 속도를 따라가지 못하는 정방형의 쓸쓸함을 바라보고
있습니다.
사진이 아니라, 제게 저 정방형은 추억을 가둔 방이었고
상자였고, 또 하나의 창문이었군요.

폴라로이드라고 하면 여전히 나는 정방형의 그것이 폴라로이드의 적자
嫡子라고 생각한다. 1970년대에 주로 생산되었던 SX-70 시리즈. 그리
고 거기에만 사용가능한 정방형의 필름들. 물론 지금 그 필름들은 모두
단종되었다. 폴라로이드 필름의 부활을 꿈꾸는 사람들이 모여 "임파서
블 프로젝트"라는 회사를 만들고 폴라로이드 필름의 재생산에 들어갔
지만 기능면에서도 가격면에서도 원래의 폴라로이드 필름을 재현해 내
지 못했다는 것이 개인적인 견해다.

폴라로이드사의 SX-70 시리즈와 어깨를 나란히 하는 또 하나의 시리즈가 있으니 그것이 같은 회사의 LAND 시리즈다. LAND180, LAND195 등은 플라스틱이 아닌 토미오카의 정식 유리 렌즈를 채용하며 폴라로이드 기종으로서는 최고가에 거래되는 카메라다. 이 시리즈의 카메라는 SX-70 시리즈에서 사용가능한 필름과는 다른 필름을 사용하도록 만들어졌다. 다행스럽게도 이 필름만은 후지에서 계속 생산되고 있다. 폴라로이드 LAND 시리즈에 대적할 만한 FP-1이라는 카메라가 후지필름에서 생산된 적이 있기 때문이다.

당신의 멜랑꼴리

당신은,
어떻게 슬픔이 조금씩 자라는지
그 소리를 들을 수 있는 귀를 가졌고
멀리 대관령에는 폭설이 내렸다는데,
그렇게 마음이 먼저 하얗게 물들어 가고

마음들 포개어졌다 흩어질 때
점점 옅어져 가는 농담濃淡의 차이를 느낀다.
아마도 이른 아침보단
점점 어두워져 가는 저녁 속에 있을 테고
그렇지만 분주한 홍대 앞 거리 속에도 있고
허름한 선술집 속에도 있고
어제 입던 바지의 체크 무늬 속에도,
말라 가는 오후의 빨래에도 묻어 있다.

말을 할수록 조금씩 더 외로워진다고
입을 다무는 침묵, 그런 침묵보다는
애써 한번 웃어 보이는 입술의 꼬리에 걸려 있고
귀가길 올려다 본 하늘에 가득한 첨탑,
그 첨탑의 십자가의 끝에도 걸려 있다.

왜 내가 이런 작고 사소한 슬픔을 복기하는지
고개 흔들어 생각들을 털어 내는 거기,
또 몇 잎의 당신이 바닥에 떨어지고
혹 그곳이 젖은 자리는 아닐까 나는 생각하고

꽃이 졌으니 그 자리에서 태어나는 바람이
내가 되어도 좋겠다고 생각하고, 아니
문득 나는 아무것도 아니어도 좋겠다고 생각하고

느림에 관한 단상 1

내게 유일한 느린 삶이 있다면 한 달에 한 번 사진을 찍는 날이다. 월차를 내는 날엔 아침부터 해가 질 무렵까지 걷는다. 오래된 카메라를 들고 필름을 챙기고 차는 주차장에 그냥 둔다. 아마 한 달 중 유일하게 내 차가 쉬는 날이 아닐까 싶다. 시장에도 가고 복잡한 도심 속 골목을 걷기도 한다. 처음엔 열심히 사는 사람들 틈 속에서 카메라를 목에 걸고 걷는 일이 사치스러워 보일까 내심 스스로를 불편해 하기도 했었는데, 이젠 제법 익숙해졌다. 말을 섞지 않으면 사람들은 나를 먼 나라에서 온 여행자로 보기도 한다는 것도 알게 되었다.

그날의 걸음은 무척 느리다. 짐짓 천천히 걷기도 한다. 느리게 걸을수록 더 많은 것들이 눈에 들어온다. 특히 시장이 그러하다. 많은 것이 눈에 들어오면 내 머릿속도 그만큼 많은 것을 인지하고 느끼느라 분주해진다. 가끔 멈춰 서서 내가 멈춰 서 있다는 것을 잊어버리는 어떤 생각에 빠지기도 한다. 그 생각은 물론 일에 대한 생각과는 다른 종류의 것이다. 일에 몰두하던 생각이 일의 정밀한 완성만을 향해 수렴한다면 후자의 경우, 생각은 끝없는 상상을 향해 발산한다고 나는 느낀다.

아직도 필름카메라를 쓰십니까? 누군가 물어올 때가 있다. 디지털카메라를 쓰는 누군가는 무슨 사진 한 장을 찍는데 그리 오래 걸리느냐, 연사로 찍어서 한 장 고르면 되지, 하고 내게 핀잔을 주기도 한다. 맞는 이야기다. 하지만 내게도 바꾸고 싶지 않은 한 가지 정도 있어도 괜찮지 않겠는가 말이다. 필름을 현상소에 맡기고 그 기다림의 시간 동안 차도 한잔하고, 유난히 잘 나왔을 것만 같은 한 장의 사진을 상상해 보기도 하면서. 사실 아날로그 시대의 필름이 디지털의 기능을 따라갈 수는 없지만 현상이라는 과정의 기다림이 내게 주는 설렘을 디지털은

보상할 수 없다. 월차를 낸 하루는 그렇게 자주 충무로에서 해가 진다.

한 달 중 가장 천천히 현상되는 날이다.

어느 이름 모를 사진가에게

1

글이나 사진, 그런 예술이라는 이름으로
우리 곁에 있는 것들은,
결국 하나가 아닌가 싶습니다.

2

잘 씌어진 글, 혹은 잘 찍은 사진,
그것은 결코 예술이 될 수 없다는 사실 때문에
자주 괴롭습니다.

3

나를 벗어나고 싶어서 시작된 일들은
나의 가장 가까운 곳에 내가 있다는 것을 알게 합니다.

4

사진은 언제나 그 사람의 내면을 보여 준다는 것
그 사실을 저는 믿습니다.
마치 미술치료처럼 말이죠.

목요일의 우울을 위한 레토릭 2

마당을 바람에게 돌려주고 부재를 시詩에게 돌려주고. 사바사바 분신 삽아分身揷我 목요신木曜神에게 비나니, 나는 한 마리 고등어로 변신.

당신은 일요일까지 살자 했고 나는 목요일에 만나자고 했지, 우리를 닮아 삶은 그렇게 실존적으로 방황한다.

노란 점, 검은 배경, 노란 손수건, 검은 턴테이블, 노란 꽃, 검은 뿌리, 노란 신호등, 검은 잠, 노란 연애, 검은 신음, 노란 목마, 검은 저녁, 노란 동전, 검은 아이스크림, 노란 계단, 검은 구멍, 노란 달, 검은 그림자, 노란 옥수수, 검은 피리, 노란 은행잎, 검은 연대, 노란 단무지, 검은 김밥, 노란 음표, 노상의 검은 악단, 노란 촛불, 검은 흔들림, 노란 구토, 검은 주검, 노란 돌발성, 검은 모독, 그리고 면회에서 돌아오는 길, 버스의 둥근 번호판, 나를 싣고 가는 비걱 비걱, 바퀴들의 슬픈 악다구니. 노란, 당신.

망종이었다. 미칠 것 같다는 당신의 전화를 받고 나는 지금 밥을 먹는 중이니 나중에 통화하자 했다. 땀을 흘리며 건너다 본 창밖으로 노을이 날아가고 있었다.

추억도 썩는구나, 무덤에서 다시 당신을 발굴해 내는 나.

결국, 결핍이 나를 증명하는 것이다.

1번 나무가 1번 미용사 앞에 가서 앉는다. 어머, 새집. 2번 나무가 2번 미용사 앞에 가서 앉는다. 가을이니까, 붉게. 3번 나무인 나는 대기석에서 윌리엄 브레이크의 "이혼수첩"을 읽는다.

늘 그랬다. 숲 속에서 그랬고 이불 속에서 그랬다. 부에노스아이레스에서도 그랬고 우크바르에서도 그랬다. 늘 그랬다. 나도, 당신도.

충첩
cho-hee Park
takigoon@nate.com

하늘

그러고 보면
하늘만큼 다양한 색을 가진 것이 없는데
'하늘색'이라 말하면 나도 당신도 다 아는
바로 그 하늘색을 말하는 것이지.

'하늘'이라 발음하면
우리는 파랑으로부터 조금 더 가벼워지고
마치 발레리나의 깨금발 뒤꿈치만큼
꼭 그만큼 상쾌해지는 걸.

내 사진의 저작권자

어디에나 돋아 있는 풀들, 꽃들 감사해.

당신이 　　계신 　　　　　　곳에도

봄은   왔는지

행성관측

단언컨대, 사람은 모두 별이다. 당신이 나를 비추지 않으면 나는 빛나지 않는다. 그럼에도 그런 당신을 나는 잊으려 한다. 일정 시간과 일정 거리를 떨어져 우리는 남남이 되려 한다. 그러나 마음에 들어올 때 그러했듯 마음에서 떠나보내는 일도 생각대로 그리 되는 일이 아니다. 잊어버리려 할수록 잊어버려야 한다는 강박적 사실조차 잊지 못한다. 고즈넉한 저녁에 나는 당신이 두고 떠난 구두를 바라보고 있다. 지구는 고요하고 하늘의 별들이 마루 안쪽까지 들어와 바닥을 적신다. 그러나 사랑이란 어차피 서로를 바라보는 것이 전부이므로, 잠깐이지만 당신을 바라볼 수 있어서 행복했다고 여기 적어 둔다.

추억을 오후 두 시의 하늘 밑에 널어 놓고 나면 간밤의 독설이 뚝뚝 물소리로 듣고 그 소리에 귀 기울이다 내 머리 몇 가닥 하얀 물이 들듯 그렇게 사람을 잊는다.

흩어진 설탕을 손가락으로 다시 모으듯, 쓸쓸한 약속이 뒤섞인 오후에는 모서리 뭉툭해진 내 안구가 조금 흔들렸고 흐린 밥물 같은 색깔로 한꺼번에 피었다 지는 봄꽃들 사이 사람을 잊는다.

동경 126도 59분, 북위 37도 34분, 돌아와 홀로 찌개를 데우는 시간, 듬성듬성 가위로 잘라 놓은 김치들. 미처 끊어지지 않은 머리라든가 목대, 몸부림 따위를 밥 위에 얹어 꿀걱 삼킬 수 있다면 그렇게 너무 커다란 저녁이 오고 나는 사람을 잊는다.

너무 늦지 않게 돌아와. 말하지 못하고 하필이면 오늘 저렇게 빛나는 별이 사람을 잊는다. 누군가 저 별을 바라보며 길을 잃지 않겠다 싶어 인력引力이라 쓰고 인연이라 읽는다.

그래도 잊자, 그래도 잊자, 창 닫고 돌아서면 현관엔 당신이 버리고 간 구두가
흐트러지지 않도록 조심스레 돌아가는 지구地球가 있다.

— 졸시, 행성관측 3

역삼동 블루스

바람이 가로수를 만지는 풍경은, 뭐랄까.
껄렁한 고등학생 몇이 한 아이를 앉혀 놓고 괴롭히는 것만 같아.

차라리 울 것이지, 울지도 않고 버티는 아이의 얼굴처럼
힘겹게 해가 지는데

몸이 아픈 사람이 많은지, 안마시술소가 성업이고
그리고 잠깐, 나는 나로 인해 마음이 아팠을 사람들을 생각한다.

당신이 계신 곳에도 봄은 왔는지

카메라를 처음 만져 본 것은 중학교 때였다. 생일 선물로 받은, 지금은 사라진 110밀리 코닥 자동카메라. 그로부터 지금까지 참으로 많은 카메라들과 렌즈를 사고팔고, 사고팔고, 들이고 또 보내는 일을 되풀이하면서 살고 있다. 하나의 렌즈나 카메라를 사기 위해서 아르바이트를 하고 용돈을 아끼는 동안의 설렘, 그리고 마침내 원하던 것을 손에 넣었을 때의 기쁨 따위. 사진을, 혹은 카메라를 좋아하는 사람이라면 누구나 한 번쯤 경험해 보았을 일이다.

그러나 가계야치家鷄野雉라 했다. 집 안의 닭은 하찮고 들의 꿩만 귀해 보인다는 말이다. 고가의 카메라나 렌즈가 더 좋은 사진을 만들어 줄 것이라 생각했던 적이 있다. 나의 하찮고 낡은 카메라가 비로소 내 것이라는 생각이 들었을 때 나를 거쳐 간 수없는 카메라와 렌즈들을 좀 더 아껴 주지 못했던 아쉬움과 후회는, 그러나 이미 때늦은 상념이다.

사람도 마찬가지다. 그렇게 우리는 어느 순간 만났고 또 헤어지게 되었다. 사고파는 일은 아니지만 사람을 만나 웃고 울고 가진 것들을 나누고 또 사람의 힘으로는 어찌할 수 없어 헤어지기도 하였으니 마땅히 형벌과 같은 추억을 내 몫으로 갖고 살아간다. 사람을 마음에 들이고 또 보내는 일, 하지만 그것만은 카메라를 사고파는 일처럼 좀체 익숙해지지 않는다.

컴퓨터 하드에 저장되어 있는 오래된 봄 사진들을 꺼내 본다. 하드에 저장되어 있는 것은 물론 봄만은 아니다. 잠시지만 함께해줘서 고맙다고 말하고 싶은 마음, 함께하는 동안 더 잘 해주지 못해 미안한 마음이 함께 저장되어 있다.

문득 당신이 지금 계신 곳에도 봄은 왔는지,
묻고 싶은 아침.

추분

낮과 밤이 세상을 둘로 나누어 가졌다.
이제,
나의 슬픔이 길어질 차례다.

느림에 관한 단상 2

지난해엔 아무 일이 없었다.
지지난해엔 아무 일이 없었다.
그전 해에 역시 아무 일도 없었다.

다자이 오사무의 「사양」*에 나오는 글이다. 도시에서 태어나 도시에서 살아간다는 것은 불균형을 불균형으로 여기지 못하는 불감증에 걸린 사람으로 살아가는 것이라 보아도 좋겠다. 왜 시를 쓰느냐고 누군가 내게 물어 온 적이 있다. '불안해서요'라고 나는 대답했던 것으로 기억한다. 삶에 대한 불안이 시를 쓰게 했지만 이젠 시를 쓰지 않는 시간이 불안해서 견디지 못하는 지경이 되었다. 당연히 내게 주어진 모든 책무는 정해진 범위 내에서 신속하게 이루어져야 하고, 아무 일 없이 흘러가는 시간을 용서할 수 없는 강박에 시달리기도 한다. 그럼에도, 그럼에도 불구하고 돌아보면 정말 우리에겐 '아무 일도 없었다.'

정말 아무런 일도 우리에겐 없었던 것일까. 아무 일도 없었던 것을 감사라도 해야 하는 것일까. 가령 죽음이라든가, 사랑이라든가, 우리의 감정을 휩쓸고 지나가는 어떤 사건 이외에 그렇다면 특정하게 지목하여 무어라 얘기할 수 없는 우리의 긴 시간은 무언가. 우리의 일상에 바쳐진 그 긴 시간, 빨리 빨리를 수없이 외쳤던 그 긴 시간, 생각보다는 행동이 많았던 그 긴 시간에 왜 '느림'은 어느 곳에서도 제자리를 찾지 못했을까. '느림'은 정말로 우리의 곁에서 멸종된 것인가.

오 분 빨리 가려고 뛰는 전철역의 사람들, 커피가 다 나오기도 전에 자

---

* 「사양」 (다자이 오사무, 문예출판사, 2003년)

판기 안쪽을 몇 번이고 들여다보는 사람들, 10분마다 작업의 완성을 묻는 상사, 3G의 로딩 속도를 못 견디는 사람들, 비단 사람만이 아니다. 날마다 빠름 빠름 빠름을 외치는 통신사 광고, 주문 시간 삼십 분이 넘어가면 환불을 해 준다는 피자, 그뿐인가, 에스컬레이터, 엘리베이터, 자동차, 기차 우리 주위에 산재한 모든 문명의 이기들이 빨리 빨리를 외친다. 일 년보다 한 달이, 한 달보다 하루가, 하루보다는 한 시간과 몇 분과 몇 초가 우리를 쥐고 좌지우지한다.

이쯤되면 빨리 빨리를 외치지 않는 사람이 이상한 사람이다. 만일 속도에도 중도가 있다면 우리의 중도는 느림보다는 분명 빠름 쪽에 기울어져 있고 빠름 쪽으로 기울어야 균형을 이루었다고 느끼는 우리는 결국 이상균형감각을 지닌 환자가 되어 있는 셈이다. 이렇게 서둘러서 나는 어디로 가고 있는 것인가? 생각해 보지 않을 수 없다. 산에는 오로지 정상만 존재한다는 심정으로 산을 오르는 일을, 나는 얼마나 수없이 거듭해 왔는가. 내려올 때의 목적지는 오로지 집이었으며, 조금이라도 일찍 도착하기 위해 애썼던 경우는 또 얼마나 부지기수로 많던가.

눈이 아니라 결국 마음으로 보는 일이다. 당연히도 목적만을 가지고 뛰어갈 땐 주변이 잘 보이지 않는다. 마음이라는 것은, 여유와 생각의 이음동의어가 아닌가. 저 유명한 "너무 늦게 그에게 놀러간다"라는 나희덕 시인의 시를 생각한다. 보고 싶던 친구와의 약속을 미루고 미루고 못 만나다가 결국 그의 장례식에 간다는 시다. 모든 것은 선택의 문제이지만 조금만 더 '느린' 마음을 가졌었더라면 그와의 만남이 그렇게 '늦었'을 리 없다. 그렇게 우리는 평생 후회할 일을 만들고, 뒤늦게 용서를 빌고, 그리고 '아무 일도 없었다'고 말하며 수년을 돌이켜 한탄한다.

곡우다방

"커피 드시겠어요?"

곡우다방* 앞에 비 온다.
깨우듯 오고, 물어보듯 온다. 건너편
영생약국, 금성제분소, 복성반점, 앞으로
칠판을 지우듯 버스 한 대가 멈추고
다시 버스가 떠나자
분홍색 코끼리 한 마리가 내려 서 있다.

코끼리는 커다란 눈으로 나를 바라본다.
너에 관해서라면 대충 알고 있다는 듯
긴 슬픔에 관해서라면 뭐든 물어도 좋다는 듯

아가씨, 나중에 다시 올게요 문 열고 뛰어나가는데,
방과 후 빈 칠판처럼, 거짓말처럼,
건너편엔 아무것도 없다 텅 빈 들판만 가득했다.

뒤돌아보니 나도 보았다는 듯 아가씨,
창문 안에서 풀처럼 웃는다.

비 내리는 곡우, 곡우다방 앞에 비 온다.

* 어딘가 이런 다방 하나 있을 것만 같다. 늘 젖어 있는 다방, 그리고 낡은 진열대에 놓여 있는 분
홍색 코끼리.

자 다시 한 번,

웃어라,
내가 그런 당신만을 기억할 수 있게.

어떤 산책

아무도 불러 주지 않는 오후, 산책을 나섭니다. 일테면 동굴 같은 골목 길을 거쳐 위쪽 안경박사를 바라보며 마을 아래쪽으로 돌면 로데오분 식 수아이비인후과를 지나고 여기서 두 갈래 길, 다시 오른쪽의 호젓한 길을 선택합니다. 커다란 느티나무가 있고 그 뒤쪽에 자리한 영생약국, 금성제분소, 복성반점이 있는 버스정류장 앞까지, 정류장에 앉아 떠나 고 돌아오는 사람들을 봅니다. 떠나고 돌아온다고 해 봐야 다 내가 만 든 허상과 유령들이지요. 안면이 있어 잠깐의 목례로 스쳐가는 사람을 만나면 좀 붙잡아 내가 읽은 소설이나 시 따위를 얘기하고도 싶지만, 그건 산책의 본질이 아니니까, 처음부터 안경박사 쪽으로 올라가야 했 을 이야기니까, 나는 나를 길 가운데 조금 더 던져 두기로 합니다. 하릴 없이 흘러야 할 이 산책이 실은 어떤 목적을 지녔다는 생각을 내내 지 우지 못했는데요, 이 근처에 있다는 어떤 무덤 이야깁니다. 이 마을 사 람이라면 누구나 알고 있는, 그러나 그 누구도 어디에 있는지 알지 못 하는 무덤을 나는 찾고 싶은 것인지 모릅니다. 그 무덤에선 우리가 알 지 못하는 어떤 종種의 울음소리가 들린다는데, 그 울음소리는 너무나 아름다워서 한 번 무덤 곁에 앉으면 죽는 날까지 그 곁을 못 떠난다 하 더군요. 조등인가요? 그러고 보니 저 느티나무 건너편에 낡고 작은 장 의사가 있었군요. 느티나무 허공에 새들이 지은 몇 개의 집들도 보입니 다. 새들이 한꺼번에 날아오르고, 갑자기 기침이 심해집니다. 희망비뇨 기과까지는 좀 더 가야 한다는데, 아직 가본 적이 없습니다. 오늘은 이 만 돌아가야겠습니다. 언젠간 우리 모두 그 무덤을 찾고 그곳을 떠나지 못하는 날이 올 테니까요.

이서

깊어진 햇살이 나무를 밀어 그림자를 그려내는 땅 어디쯤 당신을 옮겨 심었습니다. 그러고 보니 고작 사는 동안이었군요. 우리의 신비, 우리의 소통, 당신이 했던 말들이 강처럼 흘러서 내 가슴속으로 건너올 때만 해도 그것이 새겨지겠나 싶었습니다. 그냥 물이겠거니 세월이겠거니 했습니다.

내가 당신을 처음 본 것은 비와 하늘 사이였나 싶습니다.
생각과 생각의 사이, 그 비좁고도 넓은 틈 사이
사이에서 마주쳤던 당신, 그렇다고 당신을 이해한다 말하지는 않겠습니다. 참 많이도 적어 두셨더군요, 가슴속 이렇게나 잔뜩 새겨진 당신.

어느 편의점에 들러 이서를 부탁받고는 이름, 연락처, 그리고 외롭습니다, 적었더니 점원이 웃더군요, 하얀 수표 같은 이빨이었다고 기억합니다. 자, 당신은 이 세상에서의 이서를 마쳤으니 이제 어디로든 갈 수 있겠군요. 검은 비석에 흰 글씨로 새긴 당신의 이름.

생각해 보니, 저도 제 이름을 참 여기저기 많이도 흘리고 다녔네요.
언젠가 전라도 전주 옆의 이서라는 마을에 꼭 한 번 가 보고 싶습니다.
온전히 이름을 내려놓을 수 있을 것만 같아서요,
농담을 건넬 수 있는 이런 이별이 좋습니다.
나는 지금 농담과 이별 사이를 막 빠져나가는 당신의 흔적을 봅니다.
점점 길어지는 동쪽의 그림자가 서늘합니다.

여행을 떠나요

여행 좋지요, 혼자건 둘이건 아니면 더 여럿이건,
무언가를 잊기 위한 것이건, 잊지 않기 위한 것이건
나를 위한 것이건, 타인을 위한 것이건
여행은 그 목적과 형태에 관계없이 우리를 설레게 합니다.

나는 그것이 오로지 '기대' 때문이라 생각합니다.
내가 당신에게 더 가까이 다가갈 수 있으리라는 기대
내가 외롭고 슬픈 현실로부터 떠날 수 있을 거라는 기대
내가 당신을 영영 잊을 수 있을 거라는 기대
혹은 당신을 영영 기억하면서 살 거라는 그런 다짐.

아름답지 않나요? 사람만이 가진 그런 '기대'들
스스로의 기대에 부응하지 못하는 삶과
나를 응원하는 사람들의 기대를 저버리지 않기 위한 노력들
현실은 언제나 기대와 실망 그리고 좌절 따위로 가득하지만
우리는 또 그를 다시 한 번 믿어 보기로 하고
벼랑 끝에선 나를 또 한 번 믿어 보기로 합니다.

여행은 그렇게 시작되죠.
떠나는 것만이 여행은 아닙니다.
당신이 다시 당신을 믿기로 하고 우리가 다시 그를 믿어 주기로 결정할
때 또 새로운 여행은 시작되는 것이죠.

자, 당신이 기대하는 것이 있다면, 지금부터가 여행의 시작입니다.
둘이어도 좋고 혼자여도 관계없습니다.

시나리오 작가 김윤성 씨

어쩌다 우리는 만나
술도 아니 먹고
시인 허수경을 이야기하다가
작가 김윤성 씨가 '맘대로 정한 예술가 순위 차트'

1위 시인
2위 무용가
·
·
·
14위 영화인

지금껏
한 번도 10위권 안으로 진입한 적 없다는 영화인.
그런 말들을 늘어놓으며 영화인 김윤성 씨는
그의 육중한 웃음으로 실내를 가득 채웠습니다.
1위가 시인이어서 행복했고요 나도 따라 웃었습니다.

웃음 뒤에 숨겨진 쓸쓸함을 감추려고
나는 그에게 '이병률'의 시집을 빌려 주고
대가로 그의 전화번호를 받았습니다.

감기 혹은 사랑

숙주를 파고드는 病과
함께 누워
약을 먹는 밤은
쓰다

목에 걸린 알약처럼
삼킬 수도
뱉을 수도 없는 肉身아
물 한 모금 겨우
눈물 한 모금 겨우 삼키며
너를 안고
너를 앓는다

누가 내 안에 들어와
기어이
사흘 밤낮을
울고 간다

— 감기, 박후기

사랑도 감기 같은 거다. 그렇게 내 안에 들어와 한 계절을 앓다 간 사람. 이젠 다 나았다고, 맑은 아침 햇살에게 고백하는 동안 무언지 모를 허전함이 몸 곳곳에 스며드는 걸 어쩔 수 없다. 다시는 아프지 않을 거라는 다짐도 이제 절대로 누군가를 내 안에 들여놓지 않겠다는 호언도

언젠가는 다시 거짓말일 것을 안다.

감기나 사랑은 '내가 어찌할 수 없는' 거니까.

우리 다시

저 모퉁이를 돌아 우리 언젠간 다시 만나겠지요.

있는   힘껏

당신

나도 사람이라고

첫 시집을 내고 나서 초판 한 권을 공터에 나가 태웠더랬어요.
밤엔 불장난한 아이처럼 오줌을 지리고 싶었는데
실은 당신에게 아름다운 잠에 대해 말하고 싶었던 건데
나는 첫 시집 속에서 그저 잠든 척 했던 건 아닌가.
더러워져 가는 내 영혼을 당신에게 들킨 것만 같아,
고백이 잠시 소나기였다면
이제 지렁지렁 제 부끄러움만 남을 차례네요.

귀찮으실 테지만 당신, 제 가방을 잠시만 맡아 주세요.
이번 생에는 다시 찾아가지 않을 거니까요.

용서받을 수 있다면 시 쓰지 않았겠지요.
한여름 눈 내릴 수 없다면 시 쓰지 않았을 겁니다.
돌려받지 못할 용서 안에서만 저는 살아있으니까요.

제 가방을 메고 되도록 불편하게,
잘 지내요 당신.
언젠가 불멸의 밤에 대해 쓰게 되면
그런 아름다운 잠을 완성하는 날이 오면
몰랐던 사람처럼 우리 다시 뒤섞일 수 있겠지요.

나도 사람이라고
당신에게 편지 쓰는 호사를 누립니다.
당신을 만나 행복했던 이번 생입니다.

— 첫 시집 『서봉氏의 가방』(문학동네)에 부쳐, 2012년 3월 20일

봄밤

이진명 시인은 '봄밤'이라는 시의 맨 마지막에 이렇게 썼다. "봄밤에는 처녀인 나도 늙는다"라고. 이보다 더한 절창이 있을까. 저 한 줄로도 봄밤에 밀려오는 수많은 감정의 썰물을 짐작하고도 남는다. 유독 왜 봄밤일까. 수많은 상념이 한꺼번에 밀어닥치는 건 왜 어째서 늘 봄밤인건가. 조금은 쓸쓸함 쪽이고 조금은 패배에 가깝고 또 조금은 막막함에 가까운 봄밤. 그런데도 희망은 어딘가 우리가 알지 못하는 곳에 숨겨져 있을 것만 같고 아주 없을 것 같지는 않고, 단지 아직은 우리의 편이 아닌 것만 같은 봄밤. 전화를 걸거나 찾아갈 수는 없고, 조금은 더 혼자 견뎌야 할 것만 같은 봄밤.

그렇게 봄밤의 역사驛舍에 가면 떠나지 못하거나 돌아가지 못하는 사람들로 가득하다. 그렇게 한 시절의 기차가 우리의 마음속에 줄 그으며 오고 갔다.

가로등이 제 아랫도리를 비추었다. 땅 위에 번져 가던 어둠이 흠칫 놀라며 멈추어 섰으나 이내 성큼성큼 그 무거운 빛깔을 옮겨 갈 때 나는 불씨 하나 손에 쥔 사내가 쓰레기통에 불을 놓고 가는 것을 보았다. 가끔씩 터져서 튀어 오르는 무엇이 몇 개의 별을 공중에 박아 놓기도 했지만 누구도 이 어둠을 흔들어 놓지 못했으므로, 나무의 떨림을 다스하게 덧칠하는 연기 자락, 생生은 흐렸다. 사람들의 입 막으며 저녁이 선로의 빛나는 침묵 위를 종단한다. 덜컹거리며 다가올 열차는 무엇으로 스스로의 이정표를 찾아가는지, 주머니 속 차표를 만지작거렸다. 희망은 닳거나 구겨져 있었다.

― 졸시, 봄밤을 위한 에스키스-역사驛舍에서

자유로부터 자유로운

자유롭다는 것은 무언가?

지금 감옥에 있지 않은 모두는 피상적이나마 자유로운 사람이다. 가지 못할 곳은 없고 우리를 가지 못하도록 막는 사람도 없다. 그런데, 그런데 왜 우리는 자유롭지 못한가.

자유롭다는 것은 몸의 자유를 의미하는 일만은 아닐 것이다. 그건 반쪽짜리에 불과하다. 우리가 정말 원하는 자유는 정신의 자유가 아니겠는가. 사전적인 말마따나 자유란 구속이 없는 어떤 상태일 것이니 정신의 자유란 정신의 구속이 없는 상태를 말하는 것쯤 되겠다.

그러니 자유롭고자 한다면 우리의 정신이 어디에 묶여 있는지를 관찰하면 된다. 실상 일상의 모든 것에게 우리의 정신은 바쳐져 있다. 아주 사소한 것들까지, 평소 우리가 세운 원칙들이 우리의 정신을 묶어 놓고 있는 셈이다.

자유로워지려면 우리의 원칙을 수정할 필요가 있다. 원칙이란 '나'라는 사람의 '우주'에 대한 관점인 것이다. 물론 그것은 규범에서부터 사소한 주관적 취향까지를 총괄하고 있다고 보아야 한다. 결국 자유롭다는 것은 나로부터 먼저 자유로워져야 함을 의미한다. 내가 보던 관점들, 내가 싫어하던 것들, 혐오스러워 피하고자 했던 것들마저 다른 눈으로 바라보아야 한다.

원칙대로 살 되, 매 순간 다시 사유해야 한다. 원칙은 계속해서 수정되어야 하며, 관성에 의해 살아가는 버릇들을 하나하나 치유해야만 한다. 몸만 자유로운 반쪽짜리 자유에서 언젠가 완전한 자유로움을 얻었다고 느끼는 순간까지 내 정신을 감옥에서 탈출시켜야 한다. 아무런 쓸모도 없는 시詩가 내게 무언가 남겼다면 아마도 아주 작은 부분이나마 내 정신을 자유롭게 했다는 것, 그것이 아닐까 싶다. 적어도 계속해서 새로운 사유를 꿈꾸려 했었으니까.

어떻게 하면 자유로워질까 생각하지 말고, 이제 이렇게 하자. 책을 덮고 나면 버릇처럼 마시던 커피 대신 내가 무엇을 할 수 있을지, 불편해서 하지 않았던 것이 무엇인지, 당신과 함께 한 번 더 웃을 수 있는 일은 무엇일지, 생각하자, 또 생각하자.

당신과의 약속

방으로 들어가는 세 개의 문이 있다고 치자

즐거운 방, 쓸쓸한 방, 즐겁고 쓸쓸한 방,

내가 어느 방의 문을 열었을지 알아맞추었다면 거기서 만나 고기나
굽자 당신이여

빛의 목회

앙가주망

길을 잃고 폐가에서 잔다.
쪼개진, 나무 벽 사이로 들어와 내 심장을 더듬는
그 마른 눈빛.

찬란

'사람은 가장 사랑했던 사람의 얼굴로 다시 태어난다고 하니'
라고, 시인 이병률은 어느 시엔가 적었다
나를 닮은 사람을 보았다고,
지인들은 여러 번 내게 말한 적 있다.
우리는 전생에 같은 사람을 사랑했을까.
어떻게 그런 찬란한 일이 있었단 말인가.

표지판

전남 신안,
지도에 가면 임자 있다.
이 국어를 어떻게 외국어로 번역할 수 있겠는가.
임자도에 왜 네덜란드 꽃 튤립을 심었는지 모르지만
튤립 보러 안 간다. 임자 보러 간다.

연애

못생긴 모과 정도면 괜찮겠어요.
모과 서너 개 주워다가
햇살 아래 까맣게 말라 속이 다 타 버리면
그때 한 번 손이라도 잡아 주세요.

한 줄기는 아니더라도
손금을 타고 흐르는 아주 여린 전류라도 되게요.

아버지
비어서 꽉 차 버린 이름.

문학
믿지 않겠지만 낡은 가로등과 싸우다 잠드는 밤이 있다.
끝끝내 잠 못 드는 밤이 있다. 몸이 아픈 밤 마음이 더 아픈,
믿지 않겠지만 그렇게 환한 날은 시를 쓰지 못해도 좋았다.

벽

벽이 생겨나고 그 이후에 문이 생겨났을 것이다.
문이 생겨나고 다시 삐걱거리는 소리들이 태어났을 것이다.
삐걱거리는 소리를 듣고서야 비로소
그간 긴 세월이 흘렀다는 것을 깨닫게 될 것이다.
그렇게 세월이 흘러가고 아이는 어른이 되었으며
어른은 노인이 되거나 이미 세상에서 사라지고 없는,
그래서 그 세월이 다시 벽이 되어 버리는 이야기.

그러므로 그 모든 것이 벽 때문이었다고 쓴다.

딱딱하고 암담한 얼굴로 당신을 바라보던
검은 연기 같은 한때의 내가 있었다고 여기 적어 둔다.

길

끊임없이 어디론가 가야 한다는 이 강박은 언제 아름다울까.

있는 힘껏 당신

이사갑니다.

가로수가 움직입니다. 전봇대가 일어납니다. 긴 시간을 묵묵히 견디던 것들이 비척비척 몸 들썩입니다.

신음하던 문들, 거울 같던 창문들 지나갑니다. 거꾸로 달려가는 김씨철물, 친구는 유월처럼 손을 흔듭니다.

손가락 끝에서 데미안이 지나가고 베키도 지나가고 봉필이도 지나갑니다. 마쇼도 비틀즈도 지나갑니다.

시대라사 빳빳한 일자 교복도 지나갑니다. 십자 드라이버 같던 고교시절도 지나갑니다. 굴다리 밑 깜박,

현상도 징후도 옛 애인도 지나갑니다. 가벼운 구름만 함께 갑니다. 낡은 트럭에 실려갑니다. 있는 힘껏 당신, 나를 지나갑니다.

저평가주

무엇보다 남자에게 아내는 첫사랑의 여인보다 저평가되어 있다는
생각을 지울 수가 없다. 그리하여 적어 보는 몇 줄의 단문. 그런데
말이지, 생각이 생각을 밀고 가다 보면 가장 저평가된 것은 스스로가
스스로를 평가하는 마음은 아닐까 싶었어. 그대와 나, 부디 자신감을
잃지 말자고.

 남자에게 첫사랑보다 아내는 저평가되었다

시인에게 고양이보다 개는 저평가되었으며

고독에게 침묵보다 얼음은 저평가되었다

우상에게 동굴보다 극장이 저평가되었고

난이도에게 높이보다 깊이가 저평가되었다

무엇보다, 너에게 너보다 너는 저평가되었다

사물을 호명하는 순간, 추억은 온다

계단을 생각해 보자. 계단을 생각하면 당신은 가장 먼저 어떤 추억에 당도하는가. 개인적으로는 대학 시절, 올라가도 올라가도 그대로여서 '비놀리아'라 이름 붙여진 계단이 있었고 중학교 시절 사촌형 집이 근처에 있던 관계로 처음 인연을 맺었던 부산의 '40계단'이 떠오른다. 조금 더 기억을 거슬러 올라가면 초등학교 시절 당시 대학생이었던 형과 형의 연인이 동행했던 서울 남산계단이 있다. 영화 '인정사정 볼 것 없다'의 한 장면을 기억하는가. 비지스BeeGees의 '홀리데이Holiday'가 배경음악으로 흐르던 비 오는 밤의 결투 장면. 이제는 너무나 유명해져서 곳곳에 포토에어리어까지 생겨 버린 곳, 이른바 부산의 40계단이다. 그저 오르기 힘들었던 기억뿐인 그 계단은 그로부터 한참 뒤 영화를 통해 다시 나의 기억을 재생하고 이제는 세상에 없는 사촌형을 내 앞에 데려다 놓는다. 비지스는 또 어떤가. 비지스 家의 네 형제 중에 나는 둘째를 가장 좋아했는데 초등학교 6학년 때였는지 중학교 1학년 때였는지 기억이 희미하지만 그 둘째인 로빈 깁이 부른 '줄리엣'이라는 팝송을 들으면 나는 어느덧 녹번동과 홍제동의 어느 작은 음악사에 앉아 있게 되곤 한다. 막내로부터 차례대로 저세상으로 떠나기 시작해서 지난해(2012년)에 내가 좋아하던 로빈 깁마저 세상을 떠났으니 이제 비지스도 가장 큰형만 남아 버렸다. 비지스도 사촌형도 세월이 흐르며 어디론가 사라져 버렸다.

이 모두가 계단 때문이다. 좀 억지를 부린다면 그렇다. 계단에 대한 작은 생각들이 꼬리에 꼬리를 물고 이어진다. 아니 올라간다. 갑자기 오르고 싶은 계단이 또 하나 떠올랐는데 종로학원 앞, 약현성당의 계단이 그것이다. 오르막에 놓인 성당의 본당으로 오르는 계단은 재수 시절 나의 '고해성사'를 들어 주던 곳이었는데, 약현성당이 우리나라 최초의 고

덕식 건물로서 한국 건축 역사에 있어 매우 의미 있는 건축물이었다는 사실을 알게 된 것은 그로부터 한참 뒤 건축을 전공하면서였다. 가까이 있었기에 무엇인지 잘 몰랐던 것들, 아주 오랜 시간이 흘러간 뒤에야 비로소 알게 되는 인연이 있다. 그러나 그땐 이미 역사 속으로 사라진 인연을 이렇게 부를 수밖에 없다. '추억'이라고.

추억은 잊힌 듯 기억의 어느 깊은 서랍에 담겨 있다가 우연히 작동된 재생 버튼으로 인해 모월모일 영화처럼 눈앞에서 재상영되곤 한다.

착란과 청춘의 100℃

가령 글을 적거나 시詩를 쓰는 일은 문자를 냄비에 넣고 끓이는 일과 같아서 나는 자주 나의 냄비가 식기를 기다린다.

머릿속에서 운신하는 서로 다른 단어들은 정신이라는 연료를 태워 운동하고 부딪치면서 끓는점을 향해 나아가게 된다. 가령 그런 절정, 그 격렬하거나 간절한 순간에 빚어지는 것들을 그대로 기록하는 행위는 그러나 위험하기 짝이 없다. 함께 뜨거워질 수는 있지만 함께 아플 수는 있겠지만 그것이 위안이 될 수는 없다. 글이란 다 끓고 나서 그것이 다시 온전히 식어 갈 때까지 기다려야 하고 그리고 그렇게 다 식어 버린 정신에서 남는 것들을 오롯이 받아 적어야 한다는 것이 글에 대한 나의 소론이다.

사랑이나 청춘이 그러하다. 아침꽃을 저녁에 주울 수는 있겠지만, 밤에 쓴 편지를 아침에 부칠 수는 없다. 끓어서, 끓어 넘치도록 우리는 밤새 아팠으니까.

많은 시간이 흐르고 나면 청춘이나 사랑에 상처받았던 거기 그곳에 말갛게 다시 차오르는 새살이 보이고 '그때 왜 그렇게 하지 못했나' 정리는 정리대로 이해는 이해대로 각자의 자리를 찾아가게 마련이다. 말(言)이 사랑의 영역에 있다면 글은 이별에 속한 것이다.

그러나 다시 한 번 생각해 보자. 만일 끓어오르지 않았더라면, 좌충우돌의 긴 터널과 착란의 100℃를 지나오지 않았더라면 그 뒤에 오는 안온과 깨달음의 성숙에 이를 수 없었을 터. 그러니 거침없는 투쟁은 좋다. 청춘의 투쟁이라면 더 좋다. 그리고 그 뒤에 남는 서늘한 외로움은

더욱더 좋다.

사랑하자, 자, 자, 시간 아깝다.

나의 종교는

여행을 다니다 보면 많은 사찰을 경유하게 된다.
믿음이 부족하여 종교를 가진 적 없지만 이런 사찰이라면,
나에게도 한 번쯤 종교가 있어도 좋겠다 싶은 그런 곳이 있다.
주말이 아니라서 기념일이 아니라서 방문객이라곤 혼자뿐인 그런 곳.
내 발소리가 그곳에서 들려오는 소리의 전부여서
바람이 불거나 그 바람에 꽃잎이 흩날리는 풍경마저 경이로운 곳.
이 아름다운 풍경 속에 당신이 없어 마냥 죄스러웠던 곳.

그럼에도
절을 떠나면 나는 절의 이름을 금방 잊는다.
지금껏 그래 왔듯. 이상하게도 나는 절의 이름을 잘 기억하지 못한다.
그리하여 초행인 줄 알고 간 곳이 막상 도착해 보니 언젠가 한 번 왔던,
그런 경우가 부지기수다. 사진의 절들도 또한 그럴 것이다.
하지만 절에서 맡은 향기와 절에서 느낀 고적한 아름다움은
쉽게 잊히지 않을 것이다. 비록 또다시 이름을 잊는다 해도
그 착하고 선한 느낌은 오랫동안 내 마음 속에 남아 있다가
어떤 당신을 생각하고 당신에게 건너갈 것이다.

내 마음속에 담아 둔 간절함, 그 힘을 믿는다.
나의 종교는 당신이다. 그것으로 충분하다.

그렇게 봄은 다시 시작되고

누군가
베란다에서 부르는 소리 들려 문 열어 보니
'서봉氏, 꽃 피워도 되겠습니까?'
나무들이 인사를 건네고 있었다.

베란다 정원엔 수많은 싹이 돋고
어떤 녀석들은 벌써 봉오리를 밀어냈다.
겨울을 견딘 녀석들의 사진을 몇 장 찍으면서
녀석들이 나보다 낫다는 생각을 했다.
살아가는 방법을 아는 것들.
지금이 어느 때인지,
무엇을 해야 하는지,
정확히 알고 있는 것들.

Epilogue

여기 대부분의 글과 사진은 서른을 통과하며 쓰고 찍은 것들이다. 문예지나 여러 잡지에 실은 단문과 사진을 정리하면서 알았다. 우리는 끊임없이 서로 흔들고 흔들리는 바람이고 나무란 것을.

단언컨대 인생은 아름답지 않다. 어딘가 아름다운 것이 존재할 거라는 믿음만이 아름다울 뿐.

또 하나의 사다리를 만든다. 디디고 올라가서 나는 이 사다리를 치울 수 있을까. 그리고 침묵할 수 있는 날이 올까.

다 지나갈 것이니, 애이불상哀而不傷. 다 지나갈 것이니, 낙이불음樂而不淫. 애틋하게 걸어 가자.

그대가 어떻게 이 책과 만나게 되었는지 모르지만 이것으로 우리는 구면이 되었군. 쓸쓸하다는 말을 입버릇처럼 달고 사는 제 잡문들이 부디 그대의 고운 마음으로 옮아가지 않기를 바랄 뿐이다.

위로보다는 위안이라는 말이 좋다고, 시를 쓰는 전영관 형이 제게 말하더군요. 되도록 낮은 쪽에 서 있겠다.

터키의 소설가 아지즈 네신은 "풍자는 세계가 웃음거리가 되는 것을 막아 준다"고 했다. 내 글과 사진은 무엇인지 유비類比하지 않을 수 없다. 카메라를 들고 떠나는 일이 더 어려워질 것 같아 두렵다.

행운과 결여缺如를 빈다. 나와 당신. 우리.

Thanks to

박후기, 조동범, 김민정, 태혜영, 이혜수, 윤성택, 최영태, 이희철, 정승규, 전영관,
한아름, 홍길성, 온시동인들, 두호식구들, 정소장님, 승혜, 순일, 태훈 등 수나방 친구들,
JY, 이경환, 김윤성, 임영태 선생님, 김지유, 방장 장준기를 비롯한 L7친구들, M6, 롤플,
30년지기 펜탁스

Special thanks to

늘 아버님 어머님 덕에 제가 있습니다. 언제나 대범하기 이를 데 없는 아내,
밝게 커 주는 주원, 형들, 형수님들, 사랑하는 조카들, 꼬레 어소시에이츠의
최만수 대표, 도서출판 호미의 홍현숙 대표, 조인숙 주간, 박지웅, 조주희, SH,
무엇보다 저의 졸시를 사랑해 준 모든 분에게 진심의 감사를 전합니다.